叶黄夫妇探案集

长川 著 ※ 华斯比 整理

北京联合出版公司
Beijing United Publishing Co.,Ltd.

图书在版编目（CIP）数据

叶黄夫妇探案集 / 长川著；华斯比整理 . — 北京 ：
北京联合出版公司，2022.8
ISBN 978-7-5596-6333-7

Ⅰ . ①叶… Ⅱ . ①长… ②华… Ⅲ . ①侦探小说－小
说集－中国－民国 Ⅳ . ① I246.7

中国版本图书馆 CIP 数据核字 (2022) 第 114367 号

叶黄夫妇探案集

作　　者：长　川
整　　理：华斯比
录　　入：袁法森
出 品 人：赵红仕
策　　划：牧神文化
责任编辑：徐　鹏
特约编辑：华斯比
美术编辑：周伟伟
书衣绘图：Million

北京联合出版公司出版
（北京市西城区德外大街 83 号楼 9 层　100088）
北京联合天畅文化传播公司发行
上海盛通时代印刷有限公司印刷　新华书店经销
字数 119 千字　889 毫米 ×1194 毫米　1/32　6.75 印张
2022 年 8 月第 1 版　2022 年 8 月第 1 次印刷
ISBN 978-7-5596-6333-7
定价：68.00 元

整理说明

为最大程度保留晚清民国时期侦探小说的文体风貌，同时尊重作家本人的写作风格及行文习惯，"中国近现代侦探小说拾遗"丛书对所收录作品的句式以及字词用法基本保持原貌，所做处理仅限以下方面：

一、将原文竖排繁体字改为横排简体字；

二、将原文中断句所使用的圈点改为现代标点符号；

三、校正明显误排的文字，包括删衍字、补漏字、改错字等；

四、原作为分期连载作品的，人名、称谓等前后不统一处，已做调整，使之一致；

五、为符合现代汉语规范并顺应当下读者的阅读习惯，已对个别晚清民国时期用字用词进行了调整，现举例如下：

1. "那末"改为"那么"；

2. 程度副词"很"和"狠"混用时，统一为"很"；

3. "账房"和"帐房"混用时，统一为"账房"；

4. "转湾""拐湾""湾曲"等词中的"湾"字，均统一改

为"弯";

5. 用作疑问词的"那"统一改为"哪";

6. 用在句末的助词"罢"统一改为"吧";

7. 用作第三人称指代"女性"或"人以外的事物"的"他"，统一改为"她"或"它"。

由于编者水平有限，其中难免有不足之处，祈请读者批评指正！

目 录
CONTENTS

附录

一把菜刀

登场人物

黄雪薇：女侦探

叶志雄：警　官

邱宗义：被害者

邱宗礼：宗义之兄

马惠贤：邱氏同住者

丁阿香：宗义姘妇

　　黄雪薇吃好了晚饭，正在客堂里喝咖啡，一面无线电收音机唱出流行的歌曲。她的皮鞋尖在地板上打着拍子，丝袜的亮光在电灯下闪亮着，她的头靠在沙发的背上，头发散开在脑后，眼睛微微地开着，嘴唇轻轻地在启动，仿佛是跟着收音机和唱，看她的样子，十分安闲和舒服。

　　门外传来皮鞋的声响，她睁开眼睛朝门看了一眼，门是开了，走进一个廿五六岁的青年来，他穿着制服，金色的纽扣，闪闪地向人耀眼。他眯着眼对她道："晚饭吃啦？"

雪薇点点头，朝进来的这个青年仔细地看了一眼，问："志雄，今天你买了一条新被吗？"

在沙发上让了一个位子给他，志雄坐了下来问："哪一个告诉你的？"

"你买了一条新棉花絮，买好了以后，放在自由车①的后面，你便骑着车子回去，对不对！"雪薇一壁②笑一壁说，志雄两眼瞪着她，惊奇地看看，好像问着她凭什么知道得这样详细。

她解释地说："你瞧，你的裤脚上还有两个铁链子的影子，可见得骑自由车回去的时间还不多一会儿，你的制服的后面下沿上还沾着棉花碎絮，又白又干净，我想在这深秋的天气，你一定是买条新被了，至于多少钱买，那我不知道了，不过也不会太贵，因为从你衣服上的痕迹看来，决不是一条厚被，而是一条薄被。志雄，你说对吗？"

"你说得一点不错，真不愧称为一位女侦探家了。"志雄笑着。

"亏你还在警察局当司法股的警官，自己身上的东西都疏忽

_____

① 自由车："自行车"的旧称。
② 一壁：也说"一壁厢"，即一面，表示一个动作跟另一个动作同时进行。

了。"雪薇打趣似的笑着。

的确，雪薇和志雄是常常这样闹着玩儿的。志雄在警察局的分局里当警官，派在司法股里服务，虽然年纪轻，但对于侦探案件倒颇有功绩。自从抗战胜利，从重庆来到上海，认识了黄雪薇以后，对于他的探案手段，更为有声有色了。因为雪薇自从敌军占领了上海，便不进大学求学了，闲居在家无所事事，终日只能看看小说之类的书籍消遣。但是在敌伪时期能够看的书报杂志也很少，于是只好看看旧说部①。她对于柯南·道尔的《福尔摩斯探案》发生了浓厚的兴趣。她孜孜不倦地玩味着，研究着，有时偶尔在家里试一试她的本领。譬如有一次她的房里一块巧克力糖不见了，她叫几个妹妹弟弟用清水漱口，她的弟弟吐出的水带有褐色而决定是她的弟弟偷吃的之类小故事很多。

自从她认识了叶志雄，成为知交之后，便时常跟随志雄去侦讯调查案情，给予志雄不少的帮助。雪薇烫着流线型的头发，年纪只有二十一岁，还未许人；但因为她胸中藏有高深的学问，所以并不和一般智识浅陋的女子一样地喜欢打扮得时髦。她穿着不十分入时的旗袍，圆蛋的脸庞，双眼皮的眼睛，唯有脸上，总爱

――――――――

① 说部：旧指小说、戏曲以及民间说唱文学等著作。

抹一点淡淡的能维雅①之类的护肤剂，所以她的皮肤看起来，特别柔润嫩滑。假使擦一点胭脂的话，决不会增加"浓妆"之感，也许因此反而更令人可亲。她的举止庄重和谨慎，宛若一位女教师。谁也不知道她有破案的智慧，和努力学习研究的毅力。叶志雄的身体强壮魁梧，精于射击，所以雪薇和志雄二人，非但是一对志同道合的侦探术的研究者，同时也大有"英雄美人"之概。

是否桃色纠纷

正在他俩坐在沙发上谈骑自由车买薄棉被相当起劲，开着玩笑的时候，一个便衣警士闯了进来，向志雄行了一个礼以后，便说："股长请你马上去一趟。"

志雄立起来，和那个便衣警士就要走的时候，雪薇也要同去，但被志雄拒绝了。

志雄走了以后，雪薇便一个儿在房里读晚报，差不多看完了

---

① 能维雅（NIVEA）：今译"妮维雅"，是德国拜尔斯道夫（Beiersdorf）公司旗下大型全球护肤品牌，也是最早进入中国的国际护肤品牌之一。

那份晚报，又翻开日报来看，她看到《圣玛丽亚之钟声》①的广告，于是引起她的兴趣，因为她爱文艺片子，所以她立了起来，走到卧房里，在梳妆台前又轻轻地扑一点粉，她正走在楼梯上，客堂里电话铃声打得"玲玲"地响。

她听过电话之后，便对那个四十多岁的女佣说："我出去一次，今晚要不回来，要是老太太问起我来，你说有事到朋友家去好了。"

刚巧在她俩说话的时候，雪薇的母亲从楼上走下来了。雪薇便哄着她的母亲撩天②，好容易才哄得她的母亲上楼，叶志雄却闪进来，一壁说："雪薇，你的动作太慢了，这样慢的动作，哪里可以当侦探呢？"志雄又跟她开起玩笑来了。

"你不是叫我到你们分局去吗？怎么你又来了？"雪薇问。

"我只怕你这位千金小姐一个人走路太寂寞，我也不放心。"志雄还是开着玩笑。

"你坐什么车子来的？"

"大卡车！"志雄一把便将雪薇拉走了。

---

① 《圣玛丽亚之钟声》（*The Bells of St. Mary's*）是莱奥·麦卡雷（Leo McCarey）执导的剧情片，由平·克劳斯贝（Bing Crosby）和英格丽·褒曼（Ingrid Bergman）主演，于 1945 年 12 月 6 日在美国上映。
② 撩天：闲谈。

她和他走出大门，门口停着一辆大卡车。车子里已经坐了五个便衣警士，二个穿制服的警察，和二个陌生的男人。雪薇在不太明亮的灯光下，看一看那两个陌生人。一个是身体健壮结实的，大约有四十多岁，脸上暴出许多胡子，虽然看上去是常常修刮的，大概终因他的胡子容易长，不一夜工夫，就会长出一截来。另外一个是比较矮小的，身体瘦弱，眉毛皱在一起。两个人的眼睛都不住地盯着雪薇，雪薇和志雄坐上车子，坐在司机的旁边，车子便开走了。

"什么事？"雪薇急切地问。

"血案！后面坐着的两个人便是投局报告来的。"志雄答。

接着，志雄便简略地告诉她这件血案的始末。他说，那个矮小的瘦个子名字叫马惠贤，年三十二岁，没有妻子；那个身体强壮的，名字叫邱宗礼，四十三岁，没有妻子，两人住在一起。今晚六点半钟的时候，他俩来局报告，邱宗礼的弟弟邱宗义，在晚饭后突然在浴室里被人暗杀——头部砍了八刀，当场因流血过多而身死。

邱宗礼是在一所中学里当体育教员的，马惠贤在一个银行当簿记员，被杀死的邱宗义是一个洋行里的职员。邱家兄弟二人，都喜欢喝酒，有的时候可以喝得酩酊大醉，因为他们三人都住在一起，一块儿吃饭，所以当邱家兄弟二人，喝醉酒呕吐的时候，马惠贤时常替他俩拭扫。

邱宗义因为在洋行做事，那时经济比较宽裕，也没有结过婚，但是他却姘了一个女人，名叫丁阿香，今年才三十岁，那时曾和邱宗义同居。于是家中一切煮饭、洗衣服等等琐碎事情都由丁阿香担任，丁阿香因为家境不好，现在有吃有衣有住，虽然要替三个男子做事，也不辞辛劳。但是太平洋事变以后，洋行关门了，所以收入没有了，便叫丁阿香回家去，由此便分开了。

可是邱宗礼和马惠贤虽然受了日军占领租界的影响而告失业，但不久便恢复了旧业，所以他俩每月凑出生活费用给丁阿香，仍叫丁阿香来家做事。不过丁阿香不住在他们那里一起，每天早上来，每天晚饭后回去。

邱宗义不十分高兴睬丁阿香，大约是因为自己没有钱的关系，或者是自己没有职业的缘故。但是邱宗礼喝醉了酒，当他弟弟不在时，时常把丁阿香抱在怀里逗着打趣。据马惠贤的报告，有一次邱宗礼曾经把丁阿香当作一个篮球打，把她抱起来，在床上揉了又揉，再将她抛到那边床上去。

凶器是什么？

叶志雄把案情说到这里的时候，车子已经到了出事地点了。车上的人都下了车，这里的光线并不明亮，附近的东西如果不仔细看的话，也不容易看得清楚。

邱宗礼和马惠贤也下了车，他俩领路，走到一扇大铁门前，邱宗礼开了铁门，让大家走了进去。

雪薇从志雄的手上接过了手电筒，朝四周一照。只见大门里面是一片空场，约有三四亩大小，长着草，没有好好剪割，所以参差不齐。但是假山、亭子、树木，等于一个小规模的私人花园。四周围着一带约有一人多高的围墙。地上除了一条用水泥浇成的人行道，自大门通到房屋去外，其他的地方都是青草。

走尽这条水泥路，登上三四级石级，便是客厅。客厅里除了一张吃饭的方桌和四只椅子之外，别的值钱或名贵一点的家具也没有，这座房子好像是一个富翁的别墅。一起是三层楼，因为胜利以后，上海成了房荒，所以这座房子里住了七八份人家。

邱宗礼兄弟两人住在客厅的东首二个房间里，马惠贤住在北首的一间房里，他们的房间与房间之间，隔了一个浴室。这个浴室除了洗澡之外，还充作厨房。里面有一个浴盆、一张小桌子，桌上放着碗碟等类的东西；一个自来水的龙头，下面装一只瓷的大面盆，他们当它面盆，也假作洗濯碗碟，洗菜洗衣的盆子。浴盆的边上是一个大大的方凳子，上面放着一个火油①炉子，煮饭炒菜都在这儿弄的。

叶志雄要邱宗礼和马惠贤陪去先看一看邱宗义惨死的情形，于是他俩便带着志雄和雪薇二人进入浴室，叫便衣警士们在客厅和走廊里等着。

志雄和雪薇一走进浴室，便感到一股血腥臭味直往鼻子里冲来。雪薇取出一方淡蓝色的手帕扪住了鼻子，立在浴缸旁边。志雄把已死的邱宗义仔细一看，尸首面朝下背朝上地躺在浴缸内，鲜红的血还在浴缸里留得有一团团的硬块，他伸手把尸首翻了一个身，可以看见面部和额角上共砍八刀，创口裂开，和张开的嘴巴一样。

志雄朝雪薇看了一眼，说："这是面对面砍的，毫无疑义。"

"并且被杀者一点都没有抵抗过。"雪薇补充着说。

"何以见得呢？"

"你瞧，八刀都在额角和面部上，假使抵抗过的话，也许手上

---

① 火油："煤油"的俗称。

也应该挨上几刀吧。凶手在那个时候一定是心慌意乱，只知道乱砍，为什么旁的地方没有创口呢？并且这浴室里的东西，仍然是很整齐，如果两个人发生过扭打等类的情形，至少有些家具是要遭殃的。"雪薇解释着说。

"这一点我很同意。"

"你再仔细看一看创口如何？"雪薇的双眼皮的眼睛微微地闭着，好像在思索什么。

"创口很深，可见得很用力地砍下，创口成 V 字形，我看是一把斧头砍的吧？"志雄仔细检查一番之后说。

"但是他们是烧火油的。"

"也许是凶手带了利斧来的，因为斧头的分量重，砍起来容易致命。"

雪薇咬了咬嘴唇皮，走到志雄的身旁一拉，两人慢慢地走出来。一面走，一面在桌子上注视碗碟、筷子等类的厨房用具。在那个自来水下的面盆里放着三四个待洗的菜饭碗，和一把菜刀。碗还没有洗干净，那把菜刀很亮地躺在那里，除了柄上好像有一点饭粒沾着之外，一点什么污物都没有。

雪薇和志雄一面走一面互相问着"凶手是一个？还是一个以上？是这幢房子里的人？还是外来的人？为了什么原因才有这件血案？是用什么刀杀的？是用斧头砍的？可是凶器究竟在什么地

方呢？"一连串的问题逼得志雄和雪薇皱起了眉头。

他和她随着邱宗礼和马惠贤走了出来，在客厅里坐下来，两人都埋着头在竭力地思索，觉得一点头绪都没有。

突然雪薇向志雄问："你说用斧头砍的吗？"

志雄朝她看了一眼，点点头。

但是雪薇摇着头说："刀砍入肉，入肉起了收缩作用，所以把创口裂开，我想不是斧头砍的。假使用斧头砍的话，脑壳很可能砍碎，志雄，你觉得有脑浆流出来吗？"

"绝对没有！"

"那一定不是斧砍的，我想这把凶刀一定是一把刀口较长的刀。"雪薇肯定地说。

志雄点点头，雪薇觉得刀的问题已经解决，不是斧头了。于是再接下去想别的问题，因为刀的问题还在其次。她想到是什么人杀死邱宗义的问题，她问邱宗礼："你弟弟平时常常出去吗？"

"他每天晚上喝醉酒，洗一个澡就睡觉，不出去。那个时候，他在洋行里准时去，也准时回来，只有两次不准时回来，结果带了一个女人回来。"邱宗礼双眼暴着红丝说着。

"你相信你弟弟外头没有仇人吗？"志雄问。

"他只有几个洋行里的同事和他谈谈天，都没有什么交情和深刻关系的。他在洋行里的职位是很小的，这种职位也不会跟人家发生什么了不得的关系。"

"你刚才说那个女人，便是丁阿香了？她住在哪里？可不可以去叫她来？"

邱宗礼很兴奋地答应了，便抄了一个地址，志雄叫一个便衣警士把丁阿香去带来。那个便衣警士就走了。

雪薇和志雄坐在那里你看我我看你地相觑着，志雄说："你觉得楼上许多人都应该问一问吗？"

雪薇隔了半晌才摇着头说："暂时不必，我倒以为应该先派人查一查四周的围墙，有没有人跳出去过。"

于是志雄便派了四个便衣警士拿着手电筒出去仔细检查。

菜刀不翼而飞！

派去传丁阿香的那个便衣警士将丁阿香带来了。

"同志，你铁门关上吗？"马惠贤问。

"没有！"那个便衣警士答。

"那么请你先问丁阿香，我去把大门关好。"马惠贤向志雄说了之后，得到志雄的许可，便快步地去关大门了。

雪薇和志雄看看丁阿香，虽然年纪已有三十岁，但样子还长得标致，看起来还只有廿三四岁的样子，志雄问她今天邱宗义被人杀死的事知道不知道。她说："每天到这里来，做好一切生活，吃了晚饭收拾好东西便回去。今天晚饭吃过，因为还有邱宗义的一条小裤子没有洗好，所以想洗好了再吃饭，谁知道刚洗好裤子，便听说宗义被杀死了。我吓得不敢待在这里，便逃回家去了。"

志雄听了她的话之后，便问一问邱宗礼："丁阿香的话都是真的吗？"

"完全真的。"

"你真的没有看见被杀死的邱宗义的尸首吗？"雪薇问丁阿香。

"我连洗澡间里都没有进去过，哪里会看见呢？"

这时，马惠贤回来了，再过几分钟，派去查视围墙的警士也回来了，报告说一点可疑的形迹都找不到。

雪薇思索了半晌，才问马惠贤和邱宗礼道："邱宗义被杀的时候，你们二人在什么地方？"

"我在自己房里。"邱宗礼答道。

"我在客厅里收拾碗筷。"马惠贤答，"等丁阿香洗好衣服吃饭哩。"

"阿香，邱宗义是你的姘夫，他死了你愿意去看看他吗？他现在还躺在洗澡缸里。"雪薇一面说，一面用斜眼看着她。

"好，现在人多……我不怕，我要去看看他。"丁阿香急步地朝浴室走去。

雪薇跟了进去，看见丁阿香立在浴缸旁边呆看着，结果轻轻地说："以前是你养活了我……"下面的声音便听不清了，似有说不尽的凄酸之感。雪薇便转过身，走近丁阿香身边去。

经过洗面盆时，雪薇突然大叫着："志雄！志雄！快来！"

志雄急忙拔出手枪跑了进去，只看见雪薇的迷人的眼睛，发着惊异的光闪，连忙地问道："什么事情？"

"瞧！你瞧！这脸盆里的这把菜刀不见了！"雪薇指着那个脸盆说。

"我明明看见，当我们第一次进来的时候，那把菜刀的确是在这里的！"

于是两人互相打了一个暗号，便不再作声了。

志雄跳近丁阿香的身边，用手枪指住她，叫她举起手来，然后在她的身上摸索着，可是一点东西也没有发现。同时雪薇解释地说："丁阿香没有拿这把刀，"接着说，"志雄，我已经摸着线索了，我们到客厅里去吧。"

他俩重新回到客厅里，暗下问一问便衣警士们："在我们进门以后有没有人上楼或者下楼过？"

他们回答说："没有。"

于是雪薇轻轻地对志雄说要搜一搜邱宗礼和马惠贤的房间。

她补充地说："杀死邱宗义的凶手，一定是这幢房子里的人，否则这把菜刀不会不翼而飞。"

最后一个机会，最后一个希望！

搜查开始了，先查马惠贤的房间，结果毫无所获。再搜查邱宗礼的房间，忽然在邱宗礼的枕头下面，翻出一张丁阿香的照片。

叶志雄的眼先朝警士们一闪，警士很机警地把手铐向邱宗礼的手腕上一套，"喀嚓"一下给扣上了。

但是黄雪薇仔细一瞧之后，马上请那个警士，重新把手铐放了下来，并且说明地说："这儿没有凶手，我们得找凶手去。"又把嘴到志雄的耳朵边轻轻地说了一遍，然后志雄又轻轻地对警士们吩咐一番。

第二次的搜查又开始了，房里、楼梯下、箱箧里，甚至抽水马桶里，以及一切可以藏匿一把菜刀的地方都搜遍了。然而，没有结果。

雪薇这时候似乎对她自己的理想不可解起来，她眼光中显出陷于失败的悲哀，对志雄摇了摇头，并且对他说："志雄，今天晚上，我们一定要找到那把菜刀，否则，你就不能回到局里去。"

他们暗下监视着邱宗礼和马惠贤，但故意对他俩说，要他俩当领导到房子外面的私人花园的角落去一探究竟。在花园的草丛里，在墙头的脚跟里，在池塘里，以及墙外的阴沟里……虽然花了三个多钟头的工夫，可是没有得到那一把菜刀来偿还他们所花去的三小时的代价。

"难道是有人带了菜刀离开这里了？"志雄问。

"很难说，但是警士们说没有人上楼下楼，也没有人进出，我想一定不会远走！"

他们走上那个破亭子，这亭子原来以前是一间书房，虽然已经破旧，也没有什么陈设，却还有一张小小写字台放着。这张写字台已经破得不堪再用，抽屉也不全了。

志雄命警士们除了在亭子里找了再找以外，再叫他们在这张写字台的抽屉里找，他自己和雪薇却在亭子的外面，捏亮了手电筒在草地上检查足迹。

因为电筒的光度不能使他俩辨出什么来，正在左右为难的时候，警士们来报告了，说是亭子里一点东西也没有。

志雄瞪着眼尽在注视水门汀①的地板，两手反束在背后。雪

---

① 水门汀：水泥，为英语 cement 的音译。

薇又咬着嘴唇皮在静思，过了一刻说："志雄，这是最后一个地方，最后一个机会，也是最后的希望。"

志雄点点头，便忽地问警士们："你们怎么查的？难道一点东西都没有？"

"我们把抽屉统统地抽开来看过，没有！"警士答。

"你们再查给我看！"

邱宗礼和马惠贤以及丁阿香都站在写字台的旁边，警察把抽屉一只只地抽开，雪薇一面偷偷地在注意着邱、马、丁三人的脸部的表情，只看见马惠贤的眼睛尽朝抽屉扫射。但是警察第二次查看抽屉又失败了。

于是雪薇和志雄亲自动手，先把抽屉拉开，蹲下身子，把电筒的光朝里面一照——一把菜刀！

一把菜刀贴在抽屉的里壁！刀尖还有一分光景切入木板呢！

志雄用手帕垫着手指将那把菜刀取出，立刻命令警士们把三个人一齐带上大卡车，押回局里去。

经过一番审问之后三个人都推说不知道，只得把三人押入拘留室。

天已经发亮了，一夜的工作和思索，使得雪薇和志雄都疲倦极了。

一会儿化验室的警士来报告，菜刀上虽经冲洗，还留残余血渍与死者血型相同，但是指纹却模糊不清了，也许是事后经过揩拭了。在失望再增加了倦意，于是志雄躺在办公室的沙发上，蒙胧地睡去。雪薇坐在志雄的身旁，不住地思索，如何使得三人之中供出谁是凶手来。

清晨的风，从窗口吹进来，觉得有点寒意，电灯光显得格外暗淡了，她脱下自己身上的外衣，给志雄盖上。她仍然在办公室里坐着。突然，她微笑了，她唤醒了志雄，告诉他，可以把丁阿香释放。

"为什么？"志雄问。

"你暂时叫她回去，假使真是凶手，她也逃不了，只要派便衣警察暗下监视就是。等一下放她回去，并且嘱咐她拿一点东西给宗礼、惠贤吃。同时骗她马、邱二人，都无罪，因为我们警察局已经把凶手逮捕到了。"雪薇说。

叶志雄点了点头，便跟股长去商量，股长答应了，便照雪薇的计划而行，将丁阿香从拘留室里提了出来，一五一十地叮嘱了一番。

丁阿香露着自然的笑脸，"谢谢，谢谢"不绝地走了。这里便衣警士正跟随在她的身后，然而丁阿香并没有知晓。

我不知道呀，该死

　　黄雪薇躺在沙发上闭着眼睛休息，志雄也睡着。

　　当雪薇和志雄正各自睡得酣甜的时候，丁阿香回来了。她带来了鸡蛋糕、面包，和一件外衣。

　　黄雪薇看见一件外衣，眼睛突然亮了起来，然而这件外衣裹着，挂在丁阿香的手臂上，看不出是谁穿的，于是称赞了丁阿香贤慧一番之后，便叫志雄把邱宗礼和马惠贤两人带到办公室来。

　　"邱宗礼、马惠贤，杀死邱宗义的凶手，刚才已经提到，所以你们两人可以马上出去。"叶志雄对两个嫌疑犯说着，可是一面正注意着他们的举动。

　　当然马、邱两人，听此消息，非常高兴，再看见阿香又把吃的东西送来了，更是欢喜。于是饿了一夜的马、邱，便扑上前去把吃的东西接过来便吃，同时丁阿香把一件外衣披在马惠贤的身上，说："一夜没有睡，老清早一定会觉得特别冷，快把大衣穿上吧。"

　　黄雪薇微微地一笑，凑近叶志雄的耳边说："杀邱宗义的凶手，我决定是马惠贤了！"

"你怎么决定？证据呢？"志雄问。

"你把马惠贤带到另外一个房间里去，让我审问一下可以吗？"雪薇说。

叶志雄为了想快一点把这件案子结束，便瞒着股长答应了。

把马惠贤带到一个冷落的房间里，黄雪薇板起脸问："马惠贤，这不能怪我们，只怪丁阿香不好，丁阿香告诉我，她和你们三个人都有肉体关系，她没有告诉你吧？"

"什么？阿香和宗礼也有关系？"马惠贤反问。

"是的，但是丁阿香又告诉我，她说她只爱你一个人，因为邱宗义是第一个姘夫，当然应该应付，但是邱宗礼因为是体育教员身体好，力气大，只怕你打不过他，所以她也只好应付了。她又说，其实你杀死邱宗义倒是冤枉他，要杀就应该杀邱宗礼，因为邱宗义已经不喜欢她了，而邱宗礼正在追求她。马惠贤，你为什么杀错一个人呢？"

"因为我不知道内中详细情形呀！该死！"马惠贤愤恨地说。

于是黄雪薇对着叶志雄笑了笑说："志雄，我很疲倦，要回去睡觉了，现在把这个凶手交给你，让你们去处置吧。"

黄雪薇说完，便走出门去，等到叶志雄追上去问什么原因会决定凶手是马惠贤，雪薇已经走在大门口，只回过头来说一声："所经过的情形你都知道，你自己再去想想吧。"

她跳上三轮车，风飘云动似的回家去了。①

私生子失踪

登场人物

叶志雄：警　官

黄雪薇：女侦探

洪云寿：富　翁

洪太太：云寿妻

洪晓声：云寿子

阿　福：包车夫

烟纸店老板

烟纸店学徒

警　　察

女招待

一条不十分热闹的街路上，路灯昏黄地宕在空中随风摇荡着。

一个站岗的警察，也许是为了站得太无聊了，便两臂反搭在背后，在人行道上，来回地踱着。这时大约只有八点钟光景，虽然是冬夜，行人还不曾稀少，时常挨着警察的身旁走过。

一家烟纸店的电灯，还点得雪亮，店主坐在账桌旁拨得算盘子"的得"地响，也许暗下在笑着今天一整天的收入着实不轻。一个学徒，就是他自己的孩子，站在柜台边。因为这时没有主顾，所以瞪着眼睛朝外看，看住了那个警察的绑腿，左右地在移动着。如果有一对情侣，因为喜爱夜的空气，而在马路边沿一面逛一面谈着喁喁的情话，那么这个学徒可以认为是发现了一个有刺激性的奇迹。说"奇迹"还不太合切，因为这时行人并不稀少，这种情侣也并不罕见，不如说新的"兴奋"来得合适。

二个顾客，靠近了柜台，那个学徒朝他俩看看，二人同是穿灰色的长袍，一个戴一顶鸭舌头帽子，另外一个戴一顶旧呢帽。戴呢帽的那个，双手袖在袖子里，他说："老板，买包香烟啊！"两个人同时嘴上都挂着点好了的香烟。

老板的算盘声停止了，从算盘中抬起头，朝那两个顾客望了望，突然看见那个顾客从袖管里探出了一支四时的手枪，并且听得他说："老板，好几天不见了，生意好吗？"

"嗯……好，还好！"老板哆嗦着，那个学徒几乎吓得惊叫起来，但是老板一把拖住他，"进去！"

那个学徒掉过头便想朝里面跑，那个戴呢帽的人，立刻把手枪晃一晃瞄了他，说："老板，不要客气了，我们就走的，何必泡茶呢？"

于是那个学徒便呆呆地站立着，这时那个踱来踱去的警察还在烟纸店的门前来去地走着。

那个戴呢帽的人，斜眼看看警察踱过去了，便轻轻地说："不要作声，再作声，我便一枪打死你！"

这时那个警察又踱回来了，立在街沿朝街心看过往的车辆。

"老板你们开店的真发财，今天做了多少生意？"戴呢帽的问。

"不多啊，都在抽屉里。"

戴呢帽的努一努嘴，戴鸭舌帽的便走进店堂里去，坐在账桌旁，抽开抽屉，把已经由老板齐好的钞票，统统都纳入了口袋，和老板打一个招呼，他连连地说："我先走一步了，隔天再会吧。"

待得戴鸭舌帽的走远了，戴呢帽的再用手枪的枪尖指住老板，挥一挥，叫他别过身子去。但是这个老板已经吓得神志不清，仍然呆在那里不动，于是戴呢帽的那个人说："老板，今天实在对不起，打搅了你许多时候，我也要走了，请你替我点个火吧。"他抽出一支香烟，老板划根火柴替他点着了烟。当老板凑近身子来的时候，戴呢帽的轻轻地说："你把身休别转去！"

老板别过了身子，戴呢帽的便一溜烟走了，等到老板再偷偷地回过身来的时候，只看见那个警察，还在不停地来回踱着。他一看见警察，马上想到自己店里是被劫了，于是神志已恢复清醒过来，便喊住了那个警察，把一切经过的情形，都原原本本地告诉了他。

警察一听，急得什么似的，一方面只怪老板为什么不早点声张起来。

老板很悲丧地说："我只怕他开枪打死我！"

"他也怕死的啊，我不会打他吗？你的性命值钱，难道我的命不要吗？我还要和他对打哩。"说毕之后，警察便走了进来，一方面命令他们不要把原物移动，一方面自己仔细检查一周。

在账桌的椅子旁，地上落着一个匪徒遗下的烟蒂。他把这烟蒂拾起来仔细一看，烟蒂未着火的一端，被两指捏扁，如一把凿子一样。另外着火的一端，火灰已无，已经扩大如喇叭口一样，显然是已经磕灭的。于是再看一看账桌的桌腿上，看见一个烟灰的影子。

除此之外，别无一点遗物，警察亦无办法，情知追也无从追起，只好做了一个报告，将一切情形报告上去，并将匪徒所遗烟蒂一并附呈。警局里派员警[1]再来查究一番，便成为悬案了。

---

[1] 员警：警察人员。

一　洪少爷失踪

洪云寿，是一个四十开外的富翁，因为得子在晚年，所以把儿子当作一个宝贝看待。他的儿子名叫洪晓声，今年已经九岁了，在一个附近的小学里读书。他现在已经读到初小三年级了，生性很是聪明，考试时常是得第一名的，洪云寿看看自己的孩子这样聪明，于是更加地珍爱他。因为十分地珍爱，所以每天当晓声去上学或则是放学，总由车夫阿福去接回家来，或送上学。

有一天下午四时，正当放夜学，阿福照例拉了包车去接他的小主人去。当晓声挟在许多小学生群中走出校门的时候，阿福便叫着："晓声，车子在这儿。"

晓声一眼看见阿福，便也欢呼起来，阿福走近去，把书包接过手来，一只手挽着晓声的手臂。走到车子旁边的时候，看见一个卖无锡烂泥菩萨的地摊，地上一排排整齐地摆列着许多各式各样的泥像。但是这个地摊，今天也特别好，因为除了无锡的泥菩萨之外，还有许多外国化的玩具，和十分动人的洋囡囡 ① 之类的

---

① 洋囡囡：方言，即洋娃娃。

东西。

这种新鲜的玩意儿，吸引住晓声的心，于是阿福便怂恿着晓声去看看，他俩挤近地摊的旁边，只见许多人围在那里，还有二个孩子握着几个竹圈子正想丢去套到泥菩萨的头上去。

这时阿福又看见二三个人，穿着短装倚在电线杆上窃窃私语，有一个人还在抽一支香烟。

晓声看得出神，尤其看见有一个小孩子，竟把一个竹圈子套上了一个很美丽的洋囡囡身上，于是那个洋囡囡便属于那个孩子的了。洪晓声看得眼睛也红起来了。

这时阿福便从口袋里掏出一叠钞票，交给那个摊主，买了几个竹圈，交给洪晓声，同时还说着："晓声，你也去丢，也圈一个好的回去。"

洪晓声一个一个把竹圈子丢出去，但是一个也没有套上，阿福看看晓声手中的圈子完了，便又掏出钞票买了来。洪晓声因为被好胜的心理所驱使，便也一个个地拼命地丢。于是，小学生以及看热闹的人，也愈来愈多了，所以形成非常拥挤的形势。

突然间，两辆汽车在马路当中刹住了，于是有人大喊着："汽车轧杀人了！"

许多人都挤到街心去看，一个小孩躺在地上，但是没有轧死，也没有受伤，汽车的轮子刚好贴牢那个孩子。

因为那个被轧的孩子，已经吓得昏过去，不省人事地躺着。警察也赶到了，把肇事的汽车带到局里去了。

人慢慢地散去，但是阿福躺在地上，等到他爬起身来，朝四周望望，洪晓声已经不见了，那辆包车还摆在马路边上。阿福急得没有法子，拉着车子到处地找寻，可是始终找不到。于是他出于无奈，便回到洪公馆去，把洪晓声不见了的事情报告了洪云寿夫妇。

洪云寿一口咬住阿福拐走了晓声，便到警察局去报告孩子失踪，并托局方找寻。

警察局方面对于阿福的口供仔细地研究一番，有一个警官说："阿福故意怂恿洪晓声弄竹圈子，也许是有用意。"

但是又有一个警官说："到底洪晓声到哪里去还是一个问题。"

青年警官叶志雄说："凡事在未曾完全明了之前，最好不要下判断。现在我们只有查明洪晓声的下落。"

于是警局方面，一方面将阿福交回洪云寿带回家去看管，另一方面由警局发出命令，叫任何一个站岗的警察注意晓声的行踪，同时把晓声的衣着、面貌、年龄、籍贯之类写得很详细，交给警察当作参考。

二　金条不翼而飞

第二天的上午，叶志雄正在办公室里研究一件案子，忽然洪云寿跑到他那里去报告说："叶先生，我家的车夫阿福在今天早上不见了，并且还把那辆包车也拉走了！"

叶志雄定着眼睛，咬一咬嘴唇皮，表示惊奇地说："哦，车夫拉着车子不见了？"

"叶先生，我想洪晓声的失踪，一定和阿福有关系，无论如何请你先把阿福抓到吧。阿福一抓到便有线索了。"

叶志雄点了点头，意思表示赞同。

洪云寿回到家来，垂头丧气地坐在那里，他的太太也面色憔悴地坐在他的对面叹气。

这时洪云寿更加心里难过，便切齿地骂着："阿福，我待你并不薄，为什么通同盗匪把我的儿子绑去？"

"你说什么？"洪太太问。

"阿福通同强盗！"

"不会的。"

"你怎么知道不会？"洪云寿反问。

“阿福一定不会的，我可以担保！”

洪云寿就这样心中闷闷不乐地过了两天。在第三天的清晨，当娘姨①起来开门的时候，忽然一封信落在地上，原来这封信是插在门缝里的。她马上把信拾起来，她奇怪，平常的信都放在信箱的，为什么这信插在门缝中。于是她拼命跑到房里去，把信交给洪云寿。

洪云寿懒懒地在被窝里把信一看，上面歪歪斜斜地写着：

肉票仍完好如初，惟望于本月十日将票款壹万万元兑作条子②安放上海路一〇四弄垃圾桶内，自当派人来取，勿误。如有欠数等情，票撕勿怪。

急得洪云寿又喜又惊，连忙爬起床来，到外面朋友处调动了一万万款子，同时将信送到警察局去报告。

局里人这时才决定洪晓声的失踪确是被绑了。股长立刻召集所有的警官开了一个紧急的会议，结果决定：期限到的那天，把款如数送到来信所指的地点，同时那条弄堂的前后派便衣员警化

---

① 娘姨：方言，旧时称女用人。
② 条子：方言，金条。

装小贩严密看守，如有人来取这笔款子，可以立刻加以围捕，当场格杀勿论。

当天晚上，叶志雄因闲着无事便跑到黄雪薇家里去闲谈。谁知叶志雄因为公忙，数天不来，黄雪薇竟病了。经慰问一番之后，便告诉她洪晓声被绑的细末，并告诉她本月十日或者将有一次格斗。

于是黄雪薇从被窠里坐了起来，含笑地说："祝你那天成功，一鼓便将群盗一网打尽。"

叶志雄因为黄雪薇害着病，不敢多耽搁便走了。

到了十日那天的清晨，所应上差的人员都化装好了，各自都暗藏了新式武器，预先在上海路一〇四弄的前后埋伏妥当。

过一会儿看见二个人将一包东西放好在那只垃圾桶里。叶志雄走近去着看，一个垃圾桶，是用砖砌成的，贴着人家的屋墙，垃圾桶里盛着大半桶的垃圾，不时地传出阵阵的臭气，一包东西便搁在垃圾的上面，看上去重重地正把垃圾朝下压下去。他看过之后，便慢慢地踱出弄堂来，心里想："今天这几个强盗命总该尽了。"

化装的便衣员警守候着，等待着，但是一点动静也没有。他们不敢放松一步，一直等到中午，还是没有动静。他们便在就近的地方，轮流着吃过中饭。

一直等到太阳落下地平线，还是没有动静，于是他们说："今天强盗知道我们有准备，不敢来了，不如叫洪家把那包金子拿回去吧。"

大家同意了之后，便叫洪家的那二个人把原来放进垃圾桶去的东西去拿出来。他俩走进弄堂去，走到垃圾桶旁，伸手去拿时，忽然发现那包东西已不知去向了。

"不好了！"那两个人同时惊呼起来。

三　可惜给他们漏了

于是引动了全体的便衣员警们，大家赶到那里一看，那包金子已经不见，觉得非常奇怪，再仔细一查看，原来那只垃圾桶的壁上一个窟窿，本来是用垃圾盖着的，现在垃圾一部分已经被扒去，所以看得很清楚。从这个窟窿里看过去，看得见墙的里面是一个不甚讲究的房间。

员警们立刻都赶到那间房间去，问一问房东房客在不在，房东说房客在下午一点钟的时候出去了。

"几个人住？"警官问。

"二个人。"房东答。

"什么时候住进来的？"

"已经住了四年了。"

房门锁着，叶志雄要把门开进去看，起先房东还不肯，后来说明了原因，房东才开始害怕起来，连忙答应，于是扭断了锁进去一看，简单的家具，和简单的情调，一点也不紊乱，只有靠弄堂的墙脚上一个洞，一直通到那只垃圾桶去。

叶志雄仔细地检查那个洞，是新挖不久的，大约只有一二天的工夫。在洞旁留着许多个香烟蒂儿，突然被他发现有一部分烟蒂是一端像凿子的口，另一端则像喇叭的口一样地扩开，再看看墙上，全是一个个香烟火烫焦的疤痕。由此可以证明二个强盗在等候着拿这包东西，等得不耐烦，便拼命地抽烟。

但是他又突然地记忆起来，好像曾经有一次，有一家烟纸店遭劫时，曾由警察报告留下一个烟蒂，其形状与此次所得者相仿。所以他从口袋里拿出一张白纸，和一支牙签，用牙签的尖端把那几个香烟头戳了起来，包进了纸包，预备带回局里去研究。

当天晚上仍有便衣警士留守在这个房间的周围，但是强盗就此不回家来睡了。

叶志雄回到局里，把以前的案子一翻，两种烟蒂一比较，形状相同，烟丝的颜色也相同，烟纸也相同，但是因为吸得所剩无几，所以看不出什么牌子。

他觉得这件事非常有趣，所以又一直跑到黄雪薇家去，把这事原原本本地告诉了她。

黄雪薇很惋惜地说："可惜给他们漏了。"

四　我也被绑去了

叶志雄派警察在本市各处寻找洪云寿的包车，但是寻了好几天，没曾发现这辆车子的号码。叶志雄的心里着实有点不舒服，于是正想去找黄雪薇谈谈，也许可以在闲谈中得到一点方法。

但是，正当他要走出门的时候，洪云寿又哭丧着脸走进来报告，并且要求地说："叶先生，我的款子已经交了，可是我的儿子还没有送回来，不知会不会给他们撕了？无论如何请你们替我找到他。"

"当然我们应该找到你的儿子，"叶志雄虽然一面说，但一面正在苦索衷肠地想，只好随便地答应着，"撕票我想是不至于的，现在我还有点要紧的事去办一办，并且这件事还是和你很有关系的。"

洪云寿便跟着叶志雄走了出来，一个警察已经逮捕了一辆包车来了。

洪云寿一看，不禁地喊了起来："晓声！阿福！"洪云寿又转过头对叶志雄说了一声，便闯上前去把自己的儿子一把抱在怀里。

叶志雄开始询问警察车子在什么地方找到，那个警察报告说是当他上差站岗的时候，看见车子的号码相同便把它拉到局里来了。

于是再问洪晓声被绑后的情形，洪晓声用天真的口吻说："他们那天把我抱上汽车，一直开走了。因为他们把我的眼睛包着，看不清什么，但是他们待我很好，给我吃我要吃的东西。今天早晨他们抱我到一个地方，他们叫我回去，把我放在一部车子上，等我开出眼睛来的时候，我已经坐在阿福的车上了。"

接着叶志雄又询问阿福："你敢和强盗通同绑票，现在我就要办你。"

"我没有通同强盗，实在是冤枉！"

"那么你这许多日子到哪里去了？"

"我也被他们绑去了！"

"他们绑你去做什么？"洪云寿发火地问。

"那天早上，我因为想去找回我的晓声，如果不找到，我也不回来了，所以把车子也拉了跑，这样我可以不会饿死。谁知一出门拉不了多少路，便有一个人用手枪指牢我，叫我拉到沪西。当我拉到沪西一个地方，当他叫我停车的时候，便叫我连人带车子拉进了一间房子，以后我便被关在那里。今天他又叫我把一个小孩子送回家，起初我不知是谁，后来解开头上的绷带布，原来就是晓声。我以为他包着绷带一定是受伤了，立刻仔细检查，可是没有受伤，我很高兴，所以一直很快地拉回家来，不料却被警察捉到局里来了。"

叶志雄点了点头，一声也不响，走到那辆包车旁边，仔细地瞧着。当他翻开那个坐垫的时候，下面正藏着一叠叠的钞票，数一数里面有三十五万元。

"阿福通同强盗已经证据确实，请叶先生替我办他吧！"洪云寿坚决地要求着，同时也把自己的儿子领着回家了。车子和阿福只得当作嫌疑犯拘押在局里。

五　可疑的阿福

叶志雄感到案情非常地难以下断，于是便到黄雪薇家里去，和她谈着这件事的发展。

"我想阿福不至于会是通同盗匪，假使他分到赃为什么把这笔款子放在车垫下面呢？假使说他已经拿走了一部分也可能，总之据我想，这三十五万一定是土匪想嫁祸在阿福头上，想把这件案子冲淡它，你以为如何？"

叶志雄没说什么，但是黄雪薇又说："阿福当然是个极可怀疑的人物，既然他说车子被禁了许多天，那么车子应该再仔细地查一查，也许可以查点什么出来。"黄雪薇坐了起来说："我对这件事倒引起兴趣来了，现在我便和你到局里去一次吧。"

黄雪薇下床，披衣，便和叶志雄雇一部车子，一道赶到局里。

把那辆包车再仔细地一查，查到一个香烟蒂搁在踏脚板的边缝里，黄雪薇从办公桌上拿了一枚线钉，把那个烟蒂戳了起来。原来是一端像凿口一样地扁，另一端却和喇叭口一样地掀开。

这时叶志雄跳了起来，他回想到以往二次看到这形状的烟蒂的情形了。

叶志雄重新将阿福从拘留所里提了出来，问他："到底你跟匪徒有没有勾通？如果你能真实告诉我，我可以帮你的忙。"

"没有，老实说，即使有的话，我也不愿意他们来绑洪晓声。"

"那么，这些匪徒的情形如何？你能知道一点吗？"

"别的我一点也不知道，我被关在那个房间里，只听见他们每晚出去，并且从谈话里听他们一定每夜都到一个赌场去赌钱。"阿福这样回说。

六　难言之隐

叶志雄把阿福押回拘留所，便到洪云寿家来，黄雪薇因为要到洪家去看看情形，所以也跟了去。

等他俩进门，洪家夫妇二人还在那里口角，一个说"一定是阿福"，一个说"阿福一定不会"。

黄雪薇看看这种情形非常有趣也很奇怪，于是便要求洪太太到房里去私语几句。她俩进了房间，雪薇问："阿福通同强盗你知道吗？"

"可是你们想办他的罪了？"

"那不行，他冤枉，"于是洪太太又自言自语地说，"哪里会要亲生儿子去当摇钱树冒险！"

黄雪薇一听这话，心里一动，倒给她找出一个关键来了，于是逼牢洪太太说出阿福和洪晓声的关系来。

洪太太知道自己情急失口，一方面也顾念阿福的冤枉，轻轻地说："小姐，不瞒你说，我们两夫妇结婚七八年以后，一直没有生男育女，我疑心我家先生在外寻花问柳把身体弄坏了，所以养不出儿子，于是我偷偷地和阿福……因为阿福的身强力壮，一定能够为我们生下一个儿子的，果然不出我的所料。这件事只有我和阿福二人知道，无论如何求你不要向人家说出来吧。"

黄雪薇点点头，便走了出来，对叶志雄打了一个招呼便告辞出来了。

在回局的路上，黄雪薇对叶志雄说："现在我绝对担保阿福是一个无关的人，他以前对你所说的都是真话。"叶志雄还要再问的时候，她便不再作答了。

七　张网捕鱼

沪西，新开设了一家小型的咖啡馆，这天正式开幕了，并且还请了名人揭幕，名媛剪彩，在冷淡的沪西，已经是佼佼的一家了。当天轰动了不少顾客，大家都说这家咖啡馆里，尤其是那个女侍者特别地可爱和漂亮。

这样动人听闻的消息传播出去以后，年青的男人们，无不以前来一瞻这个女侍者为快，所以当天晚上兴致的浓厚和生意的兴隆，是不可形容了。

在晚上十一时的时候，咖啡馆的半腰门被七八个青年推开了，他们走进来，便朝小房间里一坐，便你要这个、我要那个地点起点心来，一面还互相地在谈笑着。在他们的谈吐里，可以听得出是刚从赌场里失败回来的，每个人都在唠叨着自己运气的不佳，和计划着明天如何地去翻本。

那位漂亮的媚人的女招待，捧着一盘糖果和一盘烟卷送过去，因为今夜是新开幕佳期，所以香烟奉送。

于是有一个青年人便打趣似的说："哈啰，你叫什么名字？香烟奉送了，你的人可不可以也奉送的呢？"

"我想有的时候也可以吧。"女招待说完了，妩媚地一笑，走开了。

点心吃好了，每个人再喝着咖啡。每个咖啡杯的下面，垫着一个碟子。他们喝着咖啡，一面还叽咕地在谈着她不懂的话，这个女招待便走了拢去，听听到底他们在谈些什么。

突然在一个咖啡杯碟子上发现了一个香烟蒂，一端和凿子口一样地扁，一端像喇叭口一样地掀开，碟子上一个被烟火所烫焦的影迹。

这个女招待把身子靠近那个青年，故意和他相嬲 ① 着，不料，一个不小心，竟把那杯正在捧着喝的咖啡打翻了。

---

① 嬲（niǎo）：纠缠。

于是女招待很抱歉地说："对不起，对不起，我替你换一杯吧。"

那个男人朝她笑了笑，于是她把那个咖啡碟子端走了。

女招待走进厨房，便和一个男人轻轻地说："老雄，你来，你看这个香烟蒂。"

于是叶志雄一面端详着香烟蒂，一面叫女招待："雪薇，你快把咖啡换给他吧。"

女招待仍然和那七八个人胡缠着，突然又有十几个青年人走了进来，神色奕奕，分散坐在四边，各据一桌，好像都是威风凛凛，一面叫着："那位小姐，请你替我们预备二十杯咖啡吧。"

等到女招待进去拿咖啡的时候，这十几个人都拔出手枪，立刻向那七八个男人包围着。因为时间的局促，以及动作的突出，所以那七八个人竟来不及动手，便被警察逮捕了。

狐　火

登场人物

叶志雄：大侦探

黄雪薇：女侦探

黄太太：雪薇母

张春骅：局　长

王发祥：颜料商

王汉秋：发祥儿

王淑英：发祥女

金朴卿：宾　客

金守墨：朴卿子

晚饭吃过已经有一三个钟头了，叶志雄因为没有轮到晚班，所以卸了制服和手枪。但为了不高兴马上去睡，便坐在办公室的沙发上。

正为了坐得没劲而要去就寝，他立起身来，预备回房去，忽然电话铃，朗朗地响了起来。他接了电话，电话里告诉他，打电话的人是黄雪薇的母亲。

"有什么事吗？你为什么还没有睡？"叶志雄问，一面看着自己的手表，正指在十一点钟上。

对方黄雪薇的母亲讲了好几句话，并且连连地催着叶志雄去一趟，立即去一趟。

他挂断了电话，把手枪仍然挂在腰间，一面朝外面走，一面穿制服。他跳上三轮车，叫车夫一径踏到黄雪薇家里去。

在途中，他不断地想，为什么雪薇不打电话，要老太太打电话？难道是雪薇害了病了？那么又为什么电话上不告诉他？难道雪薇不在家？那么到哪里去了呢？难道雪薇家中，发生了什么意外的事吗？一连串的疑问，害得叶志雄心神不定起来，心里非常着急。

正在焦急的时候，车子不知不觉间已经到了黄雪薇的家门口了。

叶志雄连忙跳下车，给了车钱，一直朝客厅里跑，手枪握在手中，下意识的观念，是使他用手枪可以自卫。

一走到客厅里，黄老太太正迎了出来。给予叶志雄的第一个感觉，便是黄老太太平日的笑容没有了，现在正在是焦急和不安的表情中。

"叫我来有什么事吗？伯母。"志雄问。

"我……我不知该怎么说才好，雪薇昨天早晨出去，到现在还没有回来，她没到你那里来吗？"

"没有。"志雄说，"我正想今天来看她，因为有三四天不看见她了。"

"那么她到哪里去了呢！她从来不会在外面过一夜的。叶先生，你替我想个法子找找她看。"

叶志雄眉头一皱，想一想问："雪薇一个人出去的吗？"

"两个人。"

"男的还是女的？"

"一个年青的男人。"

"他们俩谈过话吗？"

"在雪薇的房间里，谈了十几分钟，我也不去管他，所以他俩说话什么也没有听见。谈了一会儿之后，两个人便走了，一直到现在还没有回来。"

"房里的东西移动过没有？"志雄的呼吸急促起来了。

"没有动过。"

于是叶志雄一个人先朝雪薇的房里闯，一进房门，便注意各样东西的位置，但是一切如常，好像太平无事的一样。再走到写字台边，台上一切的陈设都没有什么更动的痕迹，仍旧整齐得很。

叶志雄侧过头，朝台上那块玻璃板上仔细地查看，因为时间已经隔了近四十个小时，所以玻璃板上没有什么显著的遗迹，好像只有几条用手指划动的痕迹留着，看样子是横直各二条，和井字形差不多。

但是志雄想了半天，也想不出一个究竟出来。他再拉一拉她的抽屉，抽屉却是锁着的。他无意地朝抽屉缝里一看，露出一点白色的纸角。

这时黄雪薇的母亲站在志雄的背后呆看着。志雄回过头向黄老太太发髻上拔下那根扒耳朵的耙子，用尖端向抽屉缝里一挑，于是那个纸角便挑出了一点，再用手指摘了出来，原来是一张日历上撕下来的日历纸。

在反面很潦草地写着"救我"，那"我"是还落脱右角上的一点，是雪薇的笔迹。叶志雄的眉毛更皱得紧了，牙齿咬着嘴唇皮，心里在别别地跳。

"你当真一点声音也没有听见吗？"叶志雄再问黄老太太。

"一句话也没有听见，只听见雪薇笑了一声，然后便没有声音了，过不多久，两个人便出去了。"

"他们出去的时候带什么东西吗？"

"一个小皮箱。"

于是叶志雄便去开她的衣橱，经过查问之后，少了衬衫裤二套、旗袍一件。

志雄点了点头，黄老太太问他，可有什么线索没有，他说："伯母请放心，雪薇不久可以回来的。"虽然他嘴里这样安慰她，自己心里正有说不尽的烦恼，一方面既失去了自己的爱侣，一方面又一点线索也摸不到。

他看看表已经是十一点一刻了，没有办法，只好再安慰黄老太太两句，便想回局去了。在临走时，对黄老太太说："明后天我不到这里来，请不要心急，如果有什么新的发现或者新的事变，请马上打电话告诉我吧。"

当天晚上，叶志雄简直没有睡着，辗转床笫①，胡思乱想着：那个男人和雪薇谈了十几分钟的话，可见这个男人一定是认识的，否则绝对不至于到房间里去，为什么不在客厅里？也许是那个男人用手枪逼牢她到房里去谈话，但是到房间里去有什么用意呢？既没有抢劫什么财物，又不曾拿去什么东西，到底是什么意思？再说临走时还带了二套衬衫裤和一件旗袍，这显见得是换洗用的，难道这次失踪是有计划的出走吗？如果是出走的话，一定应该把

———————

① 床笫：床和垫在床上的竹席，泛指床铺。

细软①之物，多量带去，却为什么只带这点东西？难道是到什么地方去一去不几天便回来？那么为什么不和她的母亲关照呢？

志雄想了半天，也不得其解，人也疲倦了，正欲昏昏睡去，但忽然间又想到，雪薇此次失踪，不见得有什么危险吧，但明明在抽屉缝里挑出那张日历纸来，上面明明又写着"救我"二字，可见得事态一定是严重了！但是，再仔细一想，假使是严重的事态，雪薇哪里还有时间偷偷地写那张字条？即使写那张字条可以运用她的机警而做到，那么这样软软的一张纸，哪里一下子便塞得到抽屉的细缝里去呢？

反复地研究着，总想不到一个自圆其说的解释出来。于是再进一步而研究到黄老太太听到雪薇的一声笑，到底这声笑，是苦笑还是冷笑？是发于自然的笑？抑是假装的笑？可惜没有亲耳听到，否则可以由音调里辨别出来。

现在他只有两个假定：一个是那位男人是她的老友，为了爱，逼她走；另外一个假定则是被歹徒强逼着走。假如是后者，那么事态一定是严重了，也许雪薇有性命之忧。但是，这二个假定当中，不管是哪一个，最近几天里，一定便有表示，只等黄老太太

---

① 细软：指轻便而易于携带的贵重物品。

的电话便是。

时间已是深夜三点钟，人也的确疲倦了，因为他所有的希望和决定，都在黄老太太的电话，所以便沉沉地睡去了。

直睡到第二天八点钟，还没有醒来。

正在酣睡中，一个勤工打着他的房门，连呼："叶先生，叶先生，你有电话。"

这一下，叶志雄一骨碌爬了起来，连衣服也来不及穿，便匆匆地跑到办公室里去。他一接之后，知道正是黄老太太打来的，电话里嘱咐他马上去，所以叶志雄立刻命令勤工到房里去把衣服拿来。他在回想刚才的电话，黄老太太的声音，是那样地颤抖，大概今天是凶多吉少了。这时刚好衣服也送到了，立刻穿上身，连脸也不洗，牙也不刷地走了。

到了黄雪薇家，老太太已经等在门口，手中拿着一封信。叶志雄心里已经明白，马上走上前去，也不说客套话，便把那封信接了过来，抽出信纸一看，上面写着：

雪薇·时不能回府，惟一切平安，望勿念。

看字迹和口气，显系歹徒所写的，但为使家属放心她是安全起见，便在信尾叫黄雪薇签了一个字，字迹活泼如常。

叶志雄再反复地看看信封，也许可以从信封的邮戳上看出是第几区寄来的，或者可以得到一点线索，但是信封上一点邮戳的影子也没有，于是他问黄老太太："伯母，这封信是从哪里来的？"

"今天早上，在门口的信箱里收到的。我拆开一看，却是这样的信。叶先生，那怎么办呢？"

叶志雄一点头绪也找不到，只是两手捧着那封信发愣。他想，没有邮戳的信，一定是人送来的，也许不久还会再有信来，不妨在门口守候，一定可以捉到那个送信的人，于是便和黄老太太说："不要紧的，我在五天之内，一定把黄小姐找回来。"说完了便走，在归途上计划着如何逮捕送信的人。

这个送信人，一定是在深夜来的，于是他预备在三天以后的深夜开始等候，因为他想今天送过信来，一定是要隔一个时间的。

第二天的早上，黄老太太又打电话给他了，说是黄雪薇的房门、窗户都洞开！叶志雄一想，这是一个新的突变，对于黄雪薇的失踪，似乎在这一场突变中，可以寻出一点线索。

他立刻乘车赶到黄雪薇家中去。黄老太太告诉他，房中的一切东西都没有动过，也没有仔细检查过，到底是谁打开窗门，进来做什么，少了什么东西没有，全不知道。

所以叶志雄怀着焦急的心情，冲到雪薇的房里去，仔细地检查着。什么东西也没有缺少，只在靠窗的那张写字台上留下两个皮鞋的脚印。

窗口开着，叶志雄看看窗外，是一片小小的泥地，台面上的脚印，鞋尖朝内，台上两个，地板上有三四个，台上的较浓，地上近台子的较清，继续淡下去，走了三四步以后，便淡得没有了。可见这个是从窗口爬进来的，开了房门和大门出去的。但是从脚印上可以看出，进房来的是个女人。

叶志雄立刻走到衣橱边，打开衣橱，查查雪薇的衣服和鞋子，黄老太太忽然惊奇起来，她叫着："少了一双皮鞋！只少了一双皮鞋！"

叶志雄听了她的话，马上拾起一双鞋子，和脚印比一比，几乎是一样大小，于是他的眼睛闪着惊奇的光，问："伯母，少了怎样的一双？"

"黄皮鞋，橡皮底的。"黄老太太说。

"那么她失踪那天是穿什么鞋的？"

"黄皮鞋，硬底的。"

"好，"叶志雄笑了起来，和她说，"黄小姐有着落了，伯母，你知道，雪薇和我开玩笑哩。"

黄老太太还想问下去，可是叶志雄已经要走了，只和她说：

"什么都放心，就在这二天，雪薇要写信来叫我去了。"

叶志雄回到局里，一个警察已经等在那里，经过自己办公室里的勤工介绍之后，始知这个警察是从南市警察局派来的。

那个警察把信交给了叶志雄。他拆开一看，上面写着：

志雄兄：

　　现有奇案二件，均已探得线索，如吾兄一到，则可两案齐破，望见条后，立刻驾局一行，为盼。

　　　　　　　　　　　　　　　　　　张春骅　敬条

叶志雄和司法股长去接洽一会儿，便和那个警察一同到南市警察局来。

张春骅已经站在分局门口迎接，两人相见之下，十分高兴。叶志雄便问他是什么案子，而张春骅说，且去吃点点心之后，慢慢地谈。

张春骅偕叶志雄到楼上房里去的时候，还和叶志雄说："志雄兄，在没有办案之前，我得向你抱歉，请你饶恕我开你的玩笑。"

"没有案子办吗？"

"并不，案子是有的，可是女侦探失踪一案立刻可破的。"

两人走到房里，一眼便看见黄雪薇端端正正地坐在沙发上休息，叶志雄满心欢喜，不禁叫了出来："雪薇，你在这里我却料不到。"

　　"你知道我到哪里去了呢？"黄雪薇问。

　　"开头我以为你遭土匪绑去了，后来我决定你很安全，并且一定在办一件案子，更知道这件案子还有点危险性，却没想到你就在这里。"

　　"这都是我不好，是我想出来的法子，开开你的玩笑。"张春骅说。

　　"我倒没什么，只是黄老太太真急死了！快点打个电话回去吧。"叶志雄说。

　　"好，我去打电话，请张先生把这件案子的经过说给志雄听听吧。"黄雪薇说完了，便下楼，到办公室打电话去了。

　　于是张春骅开始讲出了这件案子的经过——

　　"南市阳明路一〇二号，是幢旧式房子，因为经过战事的摧毁，后面的平房已经坍了，房主因为没有心去修葺，一直便坍塌在那里。这幢房子的主人，姓王名发祥，是一个颜料商人，在抗战时因为颜料价涨，所以发了一笔大财。他有一个儿子和一个女儿，都已经大学毕业。儿子名叫王汉秋，女儿名叫王淑英。不幸王发祥在一年前病死在医院里，临死时，一女一子也不曾见得最后一面，光景至为凄惨。

"谁料，过了七七①之后，有一天晚上，家中正在请客的时候，突然王发祥生前的卧房里起火了，当时浓烟滚滚，还杂有一股臭味，幸亏人多，七手八脚地便救熄了。

"自此之后，又有好几次的火烧，在烧的时候，据王汉秋和王淑英说，天花板上还有瑟索的响声，情形十分恐怖。等到事后，王汉秋曾经托一个木匠爬到天花板上去看过，只看见天花板上有一些耗子粪，还有梅花样的痕迹，看看房顶，则瓦片已经掀了一个洞。于是，木匠说：'南市一带多狐仙，这一定是狐火了。'所以从此每夜都买点东西，在那间房里斋供着狐仙。"

案情讲到这里的时候，黄雪薇打好电话回来了。张春骅还是继续地讲下去——

"有一天晚上，正是王淑英大学毕业的那天，她请了一次客，正在客人们吃饭起劲的时候，忽然那间房里又闹起狐火起来了，大家跑上去救，有一个胆大的客人，拼命挣着要到天花板上去看个究竟。他从那个天花板的缺口里爬了上去，谁知头刚伸上去，一下给狐狸打昏跌了下来，只听得天花板上一阵响，狐狸逃走了。

---

① 旧时人死后每隔七天祭奠一次，最后一次是第四十九天，叫"七七"，也叫"尽七""满七""断七"。

"王家因为发生了伤案，便到我们局里来投报，于是我便带了四个弟兄去查勘了一周，受伤的客人送医院医治。我去看看天花板上是什么，原来只有散散落落的老鼠粪，从掀去瓦片的空孔里透进光来。后来据那个受伤的客人告诉我：'当时看见一道和小电筒一样光亮的光之后，我的头上便给挨打了一下，以后便什么也不晓得了，别的东西一点没有看见，那只狐狸大约总从瓦孔里逃走了。'受伤人还说：'那个狐狸的眼睛碧绿，实在可怕。'

"我再做了一个小小的统计，凡是每次火烧，总是在王家请客的日子，前后共计发生了五次之多。这个小统计，是非常有价值的，我的怀疑也便在这一点上，所以特意去请黄雪薇小姐来，以后的事情请黄小姐报告吧。"

于是黄雪薇从存心和叶志雄开玩笑说起，一直讲到她到了南市警察局承办这件案子，听取张春骅的报告止，再接下去讲她自己的侦探的经过——

"我对张春骅局长的统计当然很重视，所以我第一次和王淑英小姐相见的时候，便问她说，不妨请一次客，我当作是王小姐的女朋友，替王汉秋介绍，如果相处得好，将来可以成为眷属。第一天便请客了。当我们喝酒喝得正起劲的时候，忽然娘姨又大喊起来，房里又放狐火了，很幸运，立刻便被救熄了。

"在这一次请客中，我证明了张春骅局长的统计不错。同时，也有两点可以注意的地方：第一点是，请客的消息为什么被'狐仙'知道得这样快？第二点是，放这种狐火有什么意思？所以昨天晚上，我回家去，本想打门进去，谁知门虚掩着，大概是娘姨出去买东西了，我看看窗门也开着，所以索性再和你开一次玩笑。我偷了鞋子便走，我预备叫王小姐再请一次酒，我穿着软底鞋躲在天花板上看个仔细。但是张春骅局长阻止我，只怕遇到危险，于是犹豫未决，我想危险性是有的，不过我也可以利用手枪。后来一想手枪在我手里，也许不见得会十分中用，所以又请张局长写条子叫你来。志雄，你知道我的皮鞋失踪消息之后，作何感想？"

"我经过一番侦查之后，知道你跟我开玩笑，因为你自己告诉我你在做什么事了。"叶志雄说。

"你到底是看见了吗？"黄雪薇笑眯眯地说。

"我看见地板上你的脚印，由窗口进，走到衣橱边去，脚印既然淡下去，又在衣橱前忽然又有了一个看得清楚的脚印，我可以决定，你在衣橱前立了许多时候，所以我特别注意衣橱，突然被我看见，衣橱门上的全身镜的边缘上，用铅笔写着'我办案去了'五个小字，我才放心，所以我对你妈说，雪薇开我的玩笑。——你开我的玩笑不要紧，可把伯母大人急坏了，下次万勿如此恶作剧。"叶志雄说完了，大家都笑了起来，结果由张局长再把问题引回到狐火的疑案上去。

"现在既然决定不必躲在天花板上，到底想个什么办法呢？"
雪薇问。

"我想再请一次客吧，"叶志雄说，"我想看看狐火的情形。"

当天，张局长到王公馆去，和王氏兄妹商量妥当，决定在最
近请一次，但是绝对不能透露有警局侦探是来客的消息。

王汉秋在有一天发出了妹妹订婚的帖子。在这次的宴会中，
黄雪薇充作王汉秋的未来夫人，叶志雄暂充王淑英的未婚夫。

盛大的宴会开始，来宾都十分高兴，真是两对年青美貌的伴
侣，宾客都为之称贺不已。

酒到半酣的时候，因为叶志雄心里十分注意，到相当时候，
便托故离座，看见王汉秋的先父的房中突然烟雾弥漫，火光闪耀，
立即大呼救火，终因人手众多，一时救熄了。

"房中一切，不要移动，现在仍去吃酒。"叶志雄轻轻吩咐王
汉秋。

众宾客仍回客堂中继续饮酒，大家都恭喜王家兄妹二人将来
福分大，因为正在办喜事的时候，红光满室。大家都笑着，等到
酒散，一一地送走了宾客。

待宾客走完以后，叶志雄约了黄雪薇、张春骅并王氏兄妹，

众人一齐小心翼翼地到房中去。

叶志雄首先对众人说："我所觉得奇怪的，便是狐火一见水便熄，火没有了，白烟还是弥漫，现在我们必须要仔细检查一下。"说完了便拖黄雪薇在地上找，竟然在水淋淋的地板上，找到一粒豌豆大的东西，红色，和橘子皮的颜色一样。

叶志雄立刻把它用筷子钳了起来，放在碗里，再用筷子乱拨着，谁知突然又冒出白烟，滚滚而上，碗底里闪耀着红红的火光，马上用水冲进，便又熄灭了。

"从今天起，可以证明，你们房里的不是狐火，是一种化学火，是一个人故意在放的！碗中红色的这粒东西，是磷，本来是黄磷，碰到空气便会燃烧起来，水浇上去便会熄灭，黄磷燃烧得不充足，便变成红磷。你们看外面已经变红磷了，如果把红磷剥去，里面还有黄磷，还可以烧。"说罢，叶志雄倾去碗中的水，再用筷子拨去表面的红磷，重又白烟滚滚而来。

"你们放心，这件案子日内就可以破获；不过切不要把风声透露出去，如果家中有什么变化，马上到局里来通知。"黄雪薇说。

"王先生，令尊大人是哪一行职业？"叶志雄问。

"颜料商人。"王汉秋答。

"好，时候已经不早，我们也要回去了。"叶志雄说。

"我还有一点要问，"黄雪薇说，"请问令尊大人生前有几个最要好的朋友？如果你知道的话，请开一个详细的名单和住址给我。"

"我马上就写。"王汉秋说完，便和王淑英商量着写了一张名单，上面各注住址和职业。黄雪薇等接下了，便一路回警察局去。

在他们谈天的时候，二个中心问题被犹豫着：是谁放这火？放火的目的何在？于是又诱导出许多小问题，是否是王汉秋的父亲生前有仇人？是否是他生前有什么秘密？是不是他生前骗了人家的财物？抑或是颜料上和人家有一种特别的纠纷？这些问题，都待着要解决的。

"现在火是人放的，已经没有疑问的了。"张春骅说。

"值得注意的地方，是王家请客的消息传得那样快？那个放火的人为何这样敏感？"黄雪薇说。

"是个有化学常识的人，也许是被请的客人当中之一……"叶志雄说。

"研究颜料的人，不是懂化学的吗？"黄雪薇说。

夜深了，三个人都觉得疲倦，于是都各自去睡了。

在临睡之前，叶志雄又查验了一遍王汉秋所开的名单后，立刻跑到黄雪薇的房里去，把名单上的一个名字给她看，她仔细地看了一眼，又仔细地想了一想，然后她说："志雄，你明天化装成一个泥水匠，到王家去。"

"做什么？"叶志雄问。

黄雪薇便将她的计划，如此这般告诉了叶志雄。他点了点头，才回到自己的房里睡觉去。

第二天，黄雪薇和叶志雄因为昨夜睡得迟，所以也起得迟，吃过中饭后躺在沙发上看报，看见广告上有一则招标广告云：

本厂兹因制造大批军装，需用大批军装绿、军装黄……

隔了一个时间，黄雪薇催叶志雄快去化装出发，他依策而行。

带了简单的家伙到了王家，和王汉秋说明来意，彼此都笑了一笑，叶志雄讨个梯子，便爬上了屋顶。看见瓦片零乱，屋顶上有一个移去瓦片的裂缝，叶志雄先把自己的身子爬进去试了一试，便双脚踏着天花板，他乘此机会在天花板上作了一次观察，只见板上有零零落落的几个梅花形的狐狸的脚印，角落里不大光亮的地方，有一个小小的木箱，箱盖已经开着。再回到明亮处，有一个洞，大约有二尺见方，正可以容一个人下到房中去。

叶志雄点点头，便从瓦缝里爬回屋顶上来，把瓦片盖好之后，立在屋顶上观察，看看好像有瓦片被踏过的形迹。他循着这形迹追踪过去，一直到了一堵墙边，他朝墙的那边一看，是一个晒台。

这堵墙只有二三尺高，离那个掀去瓦片的裂口，还不到一丈路。叶志雄正想跨过墙爬到晒台上去看一看，但恐怕被那边房主看见引起纠纷，他只得回到地上来，辞别了王汉秋，便转过弯，到那隔邻房子的大门前去，一看门牌，他回首便朝警局跑。

"雪薇，把那张名单再来研究一番。"叶志雄回到警察局后和雪薇等说。

他们三人，一面研究着那张名单，黄雪薇一面又问他，此去修理瓦片成绩如何。

志雄说："放火的人已知道，只不过如何设计捕住他就是了。至于为了什么放火，现在还不十分明白。"

为了预祝成功起见，张春骅请客，去看了一次电影。

谁知他们看罢电影回到局里，王淑英已经等在办公室里，叶志雄一看见她，马上就问："家里又出事了吗？"

"又烧起来了！"王淑英说。

"你们请客吗？"张春骅问。

"没有。"

"没有？"叶志雄、黄雪薇同问。

他们想了一会儿，便告诉王淑英："今天是星期二，星期六你们特别很丰盛地请一次狐仙，也约了你父亲的好友来，说家中闹事，请诸位叔伯们想个方法使之安静。那天我们便可以把放火的人逮捕了。"

王淑英除了依从之外，没有别的法子，当时由叶志雄送她回去。

叶志雄拟好了一则广告，愿出比市上价值高出许多的价钱，来收买军装黄和军装绿的大幅启事，在星期六的日报上登出了。

当天晚上，叶志雄和张春骅预先带了枪械躲在房顶上，王家客厅里照例请客，黄雪薇打扮得花枝招展地在招待客人。

大约在九点钟的时候，忽然看见隔邻的晒台上，有一个穿黑色衣服的人跨上了屋顶来。这时叶志雄和张春骅的心里正急得别别地跳，他俩眼见那个人把瓦片掀去，又把身子轻轻地爬下去。

不一时只听得屋内有一阵喧闹声，又听得王淑英用颤抖的声音请求诸位来客帮助，还有一个客人说："王小姐，家中闹狐仙，一定得罪了它，唯一的办法只有焚香礼拜。前几次不拜，所以常闹。"

接着只听得王小姐喊娘姨点香，大家跪在房外礼拜，果然狐火渐渐熄灭。

屋内声音也渐平，这时只看瓦洞里探出一个头来，叶志雄和张春骅等得他上半截身子探上来时，拿出手铐把那个人铐住了。

但是他还想挣扎，叶志雄说："你要动，我马上打死你，我们是警察局来的。"那个人便不声不响了。

叶志雄在他的身上搜查，在他的口袋里搜出一本硬面的练习簿，硬面已被折断。

他俩把这个人带下屋顶，再把他带到客厅里来。叶志雄先整整衣服进去，许多客人都齐声地说："姑爷迟来，应该罚酒！"

"今天是请诸位对付狐狸的日子，现在狐狸已给我捉到了。"

大家定着眼似信非信地看着他，张春骅把那个捕到的人，带进客厅来说："这便是放火的狐狸。"

许多客人一看之下，都把眼光集中在来客金朴卿的身上，说："朴卿兄，这不是令郎守墨吗？"

金朴卿知道已无法挽回，只得说："发祥兄和我都是做颜料生意的，他有一个配制军装黄和军装绿的好法子不肯告诉人们，所以他发了财。现在他死了，我想这个方法一定是藏在他房里的，所以想出这个法子，叫我的儿子去做。实在惭愧得很！"

说完了他便朝门外逃，可是警察局的侦探是不能轻易放过他的。

一碗稀饭丧命

闷葫芦里卖的什么药？

为了南市"狐火"一案，女侦探黄雪薇寻了叶志雄一次开心之后，害得叶志雄心神不宁，每天都想到黄雪薇年纪已经不小，只怕被别人娶去，所以屡次想和她谈婚姻问题。

有一天叶志雄在警察局里空着没有事做，突然兴奋起来，到黄公馆去找黄雪薇。

他进了黄雪薇的房间，她正斜躺在床上看书，他朝她打了一个招呼，便坐在沙发上，一面和她谈天，一面在房里东张西望；黄雪薇也一面谈着，仍一面看书，却并不爬下床来。

叶志雄想想心里实在有一点怀疑，为什么今天和自己冷淡起来了，但是他又不好意思说出来，只是睁着眼睛朝房中看。

看了几个周遭之后，叶志雄的脸上浮起了一丝笑意，对黄雪薇说："雪薇，你刚回来是不是？我想你一定走了许多路，身体有点累了吧？"

"你怎么知道？大约你又在马路上看到过我了？"黄雪薇把书放下来说。

"哪里是看到你，你自己是个女侦探，在你的房里却留下了痕迹，不相信我就说给你听听，且看我有猜错的没有。"

黄雪薇听到叶志雄如此说法，倒引起她的兴趣来了，坐了起来，两只手理一理头发，等待着他的猜测。

于是叶志雄接下去说："你今天吃过中饭不久便出去了，在街上走着，看着一家家店家的橱窗，想买什么东西。这样东西一定是比较名贵的东西，你得慎重地拣选，结果仍旧没有买成功，所以你走了不少的路。你回到家里还不到半个钟头，对不对？你说。"

"你倒说说理由看，你凭什么会如此猜测。"她笑着说。

"我不是早说过你自己留下了痕迹，你看，你的手皮包丢在床上，大衣抛在那只沙发上，可见得很疲倦了，一定在外面走了许多路了。还有一点，你看你的袜底，似乎湿了汗，并且很紧很紧地贴在脚掌上，更可证明走了许多路，回来也是走回来的。"

"你怎么知道我回来还不到半个钟头呢？"

"第一点，你的袜底好像还有点潮湿似的，汗未干可见时候不长；第二点，你看的那本书现在不正是看在第四页或者第五页上吗？这一点也可以证明时间不久。"

黄雪薇下床来了，笑着，走近沙发，她说："大致给你猜对了。"

叶志雄脸一红，他说："由你这句话听来，好像我也有猜错的地方。"

于是她指出了他的错处。她说："你猜错了两点：第一点，你说我回来也是走回来的，可见你的意思是去也是走去的了，其实去的时候，我是坐三轮车去的，回来是走路的。第二个错处你说我没有把贵重物品买成功，我偏买来了。你的意思是没有看见我把买来的东西丢在床上、沙发上或者台子上，你以为我的手皮包、大衣都乱丢，买来的东西也一定随便一丢，须知你既知道是贵重物品，大概体积总不会大，其实我却放在我的手皮包里面哩。——志雄，你再猜，我究竟买了什么东西？买来做什么用的？"

这的确是一个难题，东西放在皮包里看不见。他点起一支香烟，一面吸一面在思索，黄雪薇却坐在对面沙发上只是笑。

叶志雄想，一件贵重东西，放在手皮包里，不显得皮包凸出，一定是一件很小的东西，她家里很有钱，当然是比较高贵，原则讲来，大约不是装饰品，一定便是化妆品；但是她平日不爱打扮，也许是买来送人的；再者据她平日的为人，处处地方都讲实际实惠，大约化妆品不见得会买；她平日的脾气，虽然她有许多个戒子①、钻戒等类饰物，也不愿戴，可见要她去买饰物也不可能，那么只有可以用的东西了。

但是可用的贵重东西也很多，于是叶志雄问："请你给我一个条件当参考，最近你有朋友结婚或是做生日的有没有？是男的还是女的？什么职业？"

黄雪薇看着他那副多思的样子不免窃笑，一听到他问，便一口回绝地说："没有，没有！"

这真是出乎叶志雄意料的事，居然没有一个朋友结婚或是做生日，否则从朋友的男女性和职业上可以得到一点端倪，然而现在绝望了。不知道闷葫芦里卖的什么药？他只说："猜不着，不过我只能猜是买来派送人的一件礼物。"

"总算你猜得还不错，是送人的。"黄雪薇站了起来，笑了一笑，走到床边去，又补充了一句，"并且是送给你的！"

黄雪薇说完了这一句话，马上拾起丢在床上的手皮包，预备把它打开来。

叶志雄一听说是送给自己的礼物，心里灵机一动，立刻跳过去一把将她的手捉住，阻止她打开皮包，马上说："雪薇，你不要

————————

① 戒子：即戒指。

打开来吧，我已经猜着是什么东西了。"

黄雪薇停住了，回头问一声："你说什么呢？"

"钢笔！"

"偏又猜错了！"

她立刻打开手皮包，拿出一只盒子，打开盒子，里面躺着一只色泽耀眼的金表。她把那只手表替叶志雄戴上，把那只旧的脱下来放在盒子里面去。

这时候的叶志雄心里非常地高兴，同时心里也非常地惭愧。他怪自己太性急，既然她说明是送给自己的礼物，等于告诉了自己是什么东西了。自己平时所常用的，三样东西最有用：一样是手枪，一样是自来水笔，还有一样是表。手枪当然不必人家送得，局里有的是，并且也不是随便可以买卖的东西，所以绝不是手枪；自己又不是新闻记者，也不是文学作家，用到自来水笔的机会当然没表来得多。他懊悔不已，也怪自己性子太急，如果略加思虑一下的话，一定能猜中是表的。

叶志雄尴尬地笑着，紧了发条，向桌上的台钟对了一下表，那只新表便"的的得得"地走起来了。

这时刚好是三点钟，于是叶志雄便向黄雪薇说："第二班影

戏 ① 还来得及，去看电影吧。"

黄雪薇站了起来，穿上大衣，拎起手皮包，便和他走出了房门。

他俩在马路边慢慢地逛着，路经一家咖啡馆。黄雪薇听到咖啡馆里传出悠扬的音乐来，她忽然不高兴去看电影了，她要求他陪她去喝咖啡，于是两个人便进了咖啡馆。

咖啡馆里静得很，只有几个西洋妇人在那里谈天，一切的景象都安闲得很，他俩拣好了一副座头。座位落角，不大容易被人看见，这一对年青男女，平日既志同道合，当然有谈有笑。

谈到兴致最浓的时候，叶志雄鼓足了勇气向她说："我想，我们两人也应该有个归宿了，不知你有此同感没有？"

黄雪薇听了这句话，不自主地把身子渐渐地靠了过去，贴在他的胸前。叶志雄高兴得几乎欢呼起来，他伸手抱住了她的身体，他吻着她的手背。

两人温存了一番之后，便直接商量到订婚、结婚的问题。最后由叶志雄决定，物价如此高涨，订婚的手续不妨免去，干脆择一个吉日便结婚算了，因为订婚的话，要朋友破费，到结婚时再

---

① 旧称电影为"影戏"。

要他们破费，实在于心不安。由自己方面着想，订婚、结婚之所以举行仪式，无非是向社会及亲友宣布一下从此以后二人是夫妇关系罢了，如果两件事并合一起，效用上是一样，可是却可以省下一笔钱。

她答应了。两人便立起身来，再到街上去买了一点应用的东西。订婚手续虽然省去，但是黄老太太面前却不得不有所表示。当天两人买了应用物品回到家里，叶志雄便回局里去。

当天晚上黄雪薇便和她的母亲一谈，老太太也因为叶志雄这一青年颇有出息，自然也答应了。

隔了三天，在黄雪薇家中备了一桌酒席，除了几个最亲密的亲友外，一个外客也不邀请，差不多等于家庭中的一顿便饭，不过从这一夜起，他和她的手指上都戴了一只白金戒子。

第二天，叶志雄的同事们看见他手上戴了一只戒子，大家都问他有什么新消息，他缠不过，只得说出已和黄小姐订婚了。

许多同事都吵了起来，要他请客，于是他说："不久就要结婚，等到结婚的时候，一定请你们吃喜酒！"

书香门第

结婚那天，包了丽都舞所^①，各方亲友都来道喜，热闹非凡。那些曾经为他们办过案子的人家都送了厚礼，因为叶志雄和黄雪薇给人家办案子，从来不收人家一文的，所以借此机会来送礼，也不怕他俩不收了。

结婚那夜，直到午夜才客散人静，新娘和新郎回得新房来时，已是一点钟光景了。叶志雄没有家，因为他的父母都远在故乡，所以新房便设在警察分局的宿舍里，一共只有一间房子，布置得清清洁洁。当夜因为招待客人忙碌，两人都感到疲乏了，更兼是新婚之夜，所以便早点睡。

第二天十点钟光景，两人同时起身，吃过中饭之后，便商谈起度蜜月的计划来。因为叶志雄有一个月的婚假，如果待在上海闲着无事，也觉得无聊，不如作一次旅行为妥，旅行既可散心，又可增长一点智识。

当下两人计议，决定到杭州去一趟，作三四个星期的勾留，

----

① 丽都舞所：即"丽都花园舞厅"，这里应指丽都花园次楼开办的丽都饭店。

何况他二人都不曾到杭州去过，叶志雄从内地来沪，天天办公事无暇去，黄雪薇虽住在上海，离杭不远，可是一个人无兴致去。现在经二人一谈，当然是高兴之至，并且预备明天便走，所以当天下午便到黄老太太那里去说明一声。

谁知黄老太太自从女儿嫁走，昨天晚上一个人和女佣们回家，因为平常和女儿有说有笑，忽然嫁出去，未免觉得异样地寂寞。现在又听得女儿说明天马上要到杭州去玩一个月，更觉舍不得，她强留女儿和女婿在家里住一晚再走。

当天晚上，黄雪薇和叶志雄便住在丈母家中，丈母坐在房里到半夜还不愿意离开房去，后来实在是坐得累了，才回到自己房里去睡。

她回房时是新夫妇二人送过去的，服侍老太太睡下之后，才回到自己房里睡觉。第二天一清早起来，带着一箱子换洗衣服，叫娘姨去雇了一辆出差汽车，一直开往北火车站，刚好第一班特别快车快要开了，买了票，上车不久，车子便朝杭州开去。

黄雪薇因为没有出门旅行过，所以坐在车子里从窗口望出去，看到沿途的江河、田畴①、树木、乡村，处处都引以为奇，于是叶

———————

① 田畴：泛指田地。

志雄便讲述长江三峡之险、缅越外国情调给她听，她更其快乐。

到了杭州，开了清泰旅馆，洗脸，中饭一过，便去游西湖，只觉得湖水清澄，湖山清秀，心旷神怡，她感叹着说："上海真不是好地方！"

第一天的下午，不过雇只小舟在湖面上荡了半天，等到第二天整天地玩了一天山岭之后，她更觉得西湖之美无与伦比。叶志雄虽然走过许多名山大川，如今看到西湖的山景水影，也不免叫好，因为天下山水风景虽多，却正各有各的媚人之处。

继续不断地在湖山上玩了三四天，换一换口味，在城内也玩数天。

那天在西湖边一家大饭馆里吃中饭的时候，忽然有人叫"志雄"的名字，他转过头一看，看见一个在重庆时的好朋友。彼此相见并与新婚夫人介绍后，便同坐在一起用午饭。

这个朋友姓韩名良相，在重庆时和叶志雄是同事，胜利后，他回到浙江，便不再做事，只是自己做点生意。生意倒很得手，赚了不少的钱，时常到杭州来，也不时回到乡下去，把货物贩来贩去地买卖。

今天碰到叶志雄，心里很高兴，尤其知道他刚结婚，所以他说尽地主之谊，无论如何他要请客祝贺，重新叫了几只时令好菜，一面吃酒，一面叙述旧情。他知道叶志雄是来杭度蜜月之后，他坚决要约他俩一对新夫妇到他故乡去住一个礼拜。

叶志雄和黄雪薇在杭州也玩得腻了，就答应到乡下去走走，也许乡下生活比城市生活有趣。从此后，韩良相每于商业接洽妥当之后便来陪伴他俩游玩，既有人向导，在杭州游玩更能得到趣味。

不二三天，韩良相的货色都已脱手，应办的也都办齐了，相约同道返乡。雇了一艘船，装满了货物以后，扯上风帆，向韩良相故乡进发。

到了乡下之后，当天是耽搁在良相家里，因为他家房子曾被日本鬼子烧了一部分，所以没有一间较好房间。

这个村庄叫杨家村，有千把份人家，倒和镇市差不多，也有横直两条市街，街上也有许多店家。这村上有一家姓杨的人家，祖居于此，是书香门第，拥有一幢大房子，出门人很多，所有房子有得空，并且也很明亮干燥，因为时常勤于洒扫，非常干净。韩良相就去和他们接洽，商量借一间房子，暂充叶志雄新夫妇的蜜月新房。

讲妥之后，他俩便搬了进去。

那幢大房子一共是十三间，上面一排七间，左右各三间，围住一个大天井，前面一堵高墙挡住，恰与左右两边房子相接，所以在天井中望不到外面的世界。

这书香门第的杨家，共分四房，大房住左上角三间，二房住右上角三间，三房右厢三间，四房左厢三间，上方正中一大间是大厅，四房合常公用。大房的男人出外办公，二房的男人在军队服务，四房儿子已病亡，留有老夫妻一对，有媳妇及孙一人。第三房管理四房合开的药店。

叶志雄夫妇便住在大房的房子里，因为大房里只有一位老太太留在家里，房子有得空。他俩夫妇住进这一幢房子颇为称心，因为杨家拥有地田产业，又兼营商业，出门人又多，又是书香人家，空气非常适合，绝对看不出是乡下腔调。

当天晚上，那位第四房的杨老先生便找到叶志雄的房里来谈天，叶志雄当然很客气地敬烟、让座招待。他向这杨老先生上下一打量，光光的和尚头，两撇胡子，长肥脸儿，血色红润，大耳，方下巴，一派福相。

他喜欢喝酒，他一走进来便可闻到酒气，所以有一个红鼻子。也许是酒后兴起，或许是年老寂寞，非常健谈，并且一说很多。今天进门，一开始便讲了许多话，叶志雄夫妇也从他口中得知杨家的情形。

杨家大房，只有一个独子，父子二人都在外当差使，是文官，父是简任①，子是荐任②，都很有学问，儿子把媳妇带在身边，老太太不愿出外，只好留在家里看管田地。二房家主已亡，生有二子，均在军队服务，中校阶级，家里有老太太、媳妇以及三四个子女。第三房有三个儿子，大儿子现在管理药店，有媳妇，养一子；老二在南京做官，荐任一级，不久即要回家结婚；老三尚在大学读书，今年就要毕业，毕业后，也将结婚。老太太则已卧病三年未起。

说到第四房，杨老先生叹了一口气："唉，我两个儿子，大儿子本来也是荐任官，可惜死了，遗下媳妇和孙子；小儿在中学读书，我只有弄钱作乐，吃酒吃肉……"

等到他这一番身世家谱背完时，已是晚上十一时光景了，彼此都有点倦意，就此各自安寝。

晚上没有电灯，他俩住惯城市好不方便，每于想要睡去时又有狗吠，终于不得入梦。但是第二天起来，到全村去兜了一回，因为临江傍山，村中又有点市面，并且有几样吃的东西很不错，风景又佳，所以仍然住下去，加上韩良相的挽留心切，便没有二

---

① 简任：经过选择而任用官员。
② 荐任：一种文职官员官等，在简任之下、委任之上，第六职等至第九职等皆属之。由各机关首长荐举，呈请中央政府任命。

一碗稀饭丧命 | 077

意，决定住十天再走。

用药毒人的老头子

叶志雄搬入杨家居住后的第二天，杨家便发生了一场小小风波。事情经过是如此：

第四房的杨老先生喝高兴了酒，异想天开，忽然想到到店里去查账。他一走进店房便向坐在账桌前的经理杨守林（第三房的大儿子）说："守林，近来店里生意很不错，我想账目总没有问题吧。"

"小叔，"杨守林站起来说，"账哪里可以随便呢，不会错的……"

"你想我们这爿店赚钱吧？"

"我想生意好总赚钱的。"

"那么这个月底我发起分一次红好不好？我实在近来花费太大，物价又天天上涨。"

"没有这个规矩的呀，小叔，分红是不……"

杨老先生乘着酒兴，把桌子一拍，气得气喘心跳，骂着："我没有钱用，要分点红都不可以，你做经理的人就可以随便挪钱用，听说你在外面自己也做生意，本钱还不是店里借用的吗？"

于是彼此之间言语起了冲突，一场小小的风波便开始。

杨老先生每逢酒兴和人吵嘴的时候，必要打人，这时便一拳打过去，杨守林一招架，一巴掌打在杨老先生的面颊上。事情闹大了，杨老先生的太太吵死吵活，说守林造反了，居然打长辈，结果还是由邻舍相劝，当夜由守林办一桌酒菜，赔不是，叶志雄夫妇也被邀入席。

席散之后，杨老先生的气虽然平了些，还跑进叶志雄房来，一直发了许多牢骚才走。他俩夫妇觉得这老头子的行为颇为好玩，很喜欢多嘴管闲事。

末了，他和她说："在中国旧式的大家庭里，虽然各自分食，也还产生许多纠葛。"

这里，须要插述一段这爿药店的情形。这爿店是杨家的祖上所创设的，一直生意兴隆，附近数十里周围以内没有人不知道杨家药店的，迄今差不多已有一百年光景历史了。现在生意还是很好，非但卖中国的药物，连得各种普通的外国药也有得出售（包括内科外科用），最近居然连 DDT^① 也有得出卖了。

叶志雄夫妇在杨家住了三天之后，和他们全家人都认识了，

___

① DDT，又名"滴滴涕"，成分是双对氯苯基三氯乙烷，是有机氯类杀虫剂。

每逢进进出出，大家都打招呼，并且碰到各房烧点心吃的时候，他俩夫妇也常有份，他俩倒住惯了。

第四天的老清早，他俩夫妇在东方发光的时候便起身了，跟一个隔壁的小孩子去钓鱼，直到太阳上山才回来，幸喜运气好，居然给他钓到两尾鱼。

当他俩走到大门口的时候，门前停着一乘轿子，杨老先生也匆匆地走出来，撞着他俩夫妇打一个招呼，说一声"今天进城有事"。

接着第三房的大媳妇牵着一个儿子走出来，打扮得齐齐整整，双方也打了一个招呼，黄雪薇问她这早出去做什么，她回答说到娘家去一次，娘家派轿子来接呢。

为了今天钓到两尾鱼，便去邀了韩良相来商量这两尾新鲜鱼儿如何吃法，到底吃饭吃，还是喝酒吃。又谈了一阵别的闲天，等到上午十点左右的时候，第三房的楼上，忽然有一个女孩子大声惊叫起来，原来卧病三年不起的第三房的老太太断气了。

那个惊叫起来的女孩子，是专门服侍老太太的小丫头阿香，她匆匆地下楼，几乎慌张得从楼梯上滚下来。她叫着："老太死了！"

讯息一传出，全家人都上了楼，只有阿香和孩子们在叙述那位老太太临死时的惨状。她说在床上打滚，咬牙切齿，滚了十几分钟便死了，满口鲜血。

叶志雄他们听见心里一动，韩良相对叶志雄说："是你拿手戏，不妨去看一看，有没有什么蹊跷。"

"得了吧，"叶志雄说，"三年不起的老太太，可能是痨病，吐血而亡是常有的事，你何必大惊小怪呢。"

韩良相经他一说，也就淡然了，可是那位药店的经理杨守林先生去看了母亲的尸首之后，他说恐怕是中毒而死，因为他懂得一点医药常识。

"中毒"两字引起黄雪薇的注意，于是她硬拉丈夫和韩良相去看了一看。这一看，才证明确是中毒身死。

韩良相也在旁怂恿，无论如何要叶志雄弄清楚。

"好吧，"叶志雄想了一想，"所有房里东西不准移动，尸首也暂搁在病床上。"

叶志雄和黄雪薇的神经立刻紧张起来，开始了他俩的侦探手续。

病床上躺着一具老太的尸首，尸体曲折，牙齿露出，眉眼都皱成一簇，可见是临死时曾经有过一番挣扎和痉挛。

床前方凳上摆着热水瓶和杯子，一碗泡饭，好像已经吃了一点。

志雄立刻叫阿香来，问了详细，阿香说："天还没有亮的时候，我用开水冲了一个鸡蛋给她吃……"

"碗哪里拿的？"

"昨夜我洗了预备着的。"

"开水呢？"

"临时炖的。"

"糖呢？"

"糖罐里已经没有，我去问奶奶，奶奶正睡得浓，我在房门口叫醒她，她说记得灶头上还有一小包……于是我在灶头上找，果然有一小包吃余的糖。我便泡了鸡蛋送给老太太吃，老太太吃了之后一直睡到九点多，我盛了一碗泡饭给她吃，谁知她吃了一口便不要吃了，这碗泡饭还在这儿。"

叶志雄把泡饭端到明亮些的地方，叫阿香拿一个面盆来，朝面盆里一倒，突然看见一淌闪银光的东西朝面盆里流，再仔细一看，原来是许多水银。

志雄夫妇心里一跳，马上问阿香："泡饭还有多吗？"

"有，多的盛在钵头里预备给要饭的吃。"

"快带我去看！"说着便随阿香下楼到厨房里去，黄雪薇仍然和韩良相在楼上侦查。

叶志雄下得楼来，命阿香把所余泡饭向天井的地上一倒，立刻水银随着泡饭流了开来。

这时他很着急，问阿香："今天还有谁吃过泡饭？"

"店里的先生、奶奶，和奶奶的儿子都吃过。"

叶志雄立刻去找杨守林，守林一面要照顾来客，一面又在为母预备丧事，正忙得不可开交，志雄问他吃过多少泡饭，他说吃了两碗。

叶志雄说声"不好"，连忙跑到店里去找东西，幸喜有一个瓶子里装有高锰酸钾，这是备来卖给乡下人洗梅毒^①和疥疮^②用的。他倒了一点，冲了水叫杨守林喝下去，杨守林不肯喝，和他说明原因之后，方把一大碗高锰酸钾的紫红水喝下去。不一时，肚子里"咕噜"一声，"哗"地吐了出来，还没有消化的泡饭、还没有到肠子里去的水银都吐了出来。

杨守林这才一跤坐在椅子上说不出话来，皱着眉在沉思，好像也在研究谁叫他吃水银。

叶志雄再跑到店里去，问伙计今天有人买西药没有，回答"没有"，再问他药橱里的瓶子动过没有，他说："三四天没有去动那些药瓶了，这里老百姓对西药还不大相信。"

他听了伙计的话之后，便检查起药瓶来，偶然在一角上看见

---

① 梅毒：由梅毒螺旋体引起的慢性、系统性性传播疾病。
② 疥疮：由疥螨在人体皮肤表皮层内引起的接触性传染性皮肤病。

一个药瓶似乎放出了一些，再仔细一看，尚有一点闪亮的药粉沾在瓶口上。他看了看瓶签，上面印着"水杨酸"①三个字。

他点了点头，正想回出店来，黄雪薇已经匆匆地跑来了。于是他俩夫妇和韩良相回到自己的房里休息去，一面交代杨守林现在不妨把尸体移下来，尽管预备丧事好了，不过被害者的房里的一切东西都不要动，以便临时要察看。

叶志雄和太太、韩良相坐在房里便商谈起来，研究一下案情。

"我第一点就怀疑杨老太太的死，不死在水银上，因为水银吃下去不会当天便死，一定有别的毒药，不过我们可以知道这个凶手一定是很聪明，也一定是很愚笨的。现在我已经摸到线索，十分之九大约是死在水杨酸上。但是谁把水杨酸给杨老太太吃下去？如何叫她吃法？她吃东西不都是阿香经手的吗？但是阿香确是一个忠实的丫头。"

他们谈到这里，杨守林已经安排好了丧事的进行，走了进来。他一进门便和他们宣布："用水银毒我的人，一定是我们这位小叔，因为他平常为人，专门好用药物毒人的。"

大家听了这一句话，都不约而同地吓了一跳。于是杨守林讲

---

① 水杨酸：一种脂溶性的有机酸，外观是白色的结晶粉状物，存在于自然界的柳树皮、白珠树叶及甜桦树中，可用于阿司匹林等药物的制备。

了一个杨老先生的毒人的故事。

从前他们家里这爿药店里有一个伙计，为人颇为固执，也颇口馋。有一天，杨老先生因为要用一点药，自己径自跑到店房里乱撮，那个伙计加以干涉，他便怀恨在心。隔了许多日子，杨老先生请伙计吃锅贴，因为这伙计心直口快，把以往的事都忘记了，更兼口馋，大啖锅贴。谁知上面几只很好，下面几只则都把巴豆做在里面，害得那个伙计肚子痛，要泻。谁知杨老先生却预先坐在厕所里死也不肯站起来，伙计肚子要泻，到厕所看一次，只看他坐着，又去看，还是坐着，结果那个伙计，忍不住，一肚子泻了出来，满地满裤子都是粪便，杨老先生则在旁大笑不止。这个伙计害了半个月病之后，就此辞职不干了！

随后，杨守林下了一个结论说："这是显而易见的，我家小叔因为经济拮据，他以为在店里做经理必有相当好处，所以一定要把我谋死，然后他可以做本店的经理……"

叶志雄和黄雪薇他们都点头称是，再安慰他几句，并嘱咐他快把回娘家的妻和子去叫回来，杨守林说已经派人报死讯去了，听见婆死，势必马上赶回来的。

杨守林走出去之后，他们在房里便重新研究起来，案情似乎又复杂起来了，更兼今晨又看见杨老先生行色匆匆地到城里去，也许是下了毒药之后，想避开这谋杀的嫌疑。

"但是为什么死的是杨老太太呢？"叶志雄说。

"我已经有好几个有力证据了，大约这件案子不要两天便可破案，现在经杨守林先生一说，我还得到被害者的房里去仔细一查看。"

雪薇说完话，一把便拉了志雄到第三房的楼上去，一面走，一面轻轻地对志雄说："关于杨老先生这个人物，着实有点可疑，不过从他的谈话里听来，是一个非常骄傲的人，他说家里的子孙，不是简任官便是荐任官，有这种性格的人，应该顾全家中的生命。再者，他一时因受气愤而杀人，绝对不会用慢性谋杀方法。或者说他是因为想假祸于人，所以……"

说着，已经到了楼上，黄雪薇对叶志雄说："这是显而易见的，被害人服毒时一定在昨夜，否则不会只吃二口泡饭便不吃了，即使药放在泡饭里，吃二口也不致伤命，所以我对于昨晚的一碗开水鸡蛋实在有点怀疑。"

看看桌子上还摆着那个盛鸡蛋的碗，可惜没有化验室，否则一化验便知道里面有没有毒药。然而鸡蛋是阿香亲手打开的，开水是临时炖起来的，要不便是那包白糖里有水杨酸，水杨酸和在白糖原本看不出来。

立刻喊阿香来，问阿香那张包糖的纸在哪里，阿香说已经丢在风炉里烧掉了，现在连最后的希望都没有了。

最后黄雪薇想到，水杨酸是很好的杀菌剂、防腐剂，只要把那鸡蛋碗不要洗放在潮湿的地方，如果腐烂即可证明无此药，如果不腐烂便是有的，所以她便将此碗带住。

现在床上的尸首已经移去，所以检查一下床，黄雪薇把毯子打开来，只见一条垫床的棉絮已经快变成黑色，证明已经是很旧的东西了。仔细地看过去，看见枕头下面的棉絮上一个长方的影子，长约八寸阔约六寸，影子很显明。这个影子好像是被什么重物压出来的，所以凹了下去。

这是一个新的材料，也许与本案有关，便问阿香："你家老太太平常在枕头下面摆东西吗？"

"我不知道。"

"你看，这是什么东西压出来的影子？"

阿香一看，这才想起来，是有一个铁做的黑漆漆过的匣子，要用钥匙开，开的时候叮叮当当地响。对了，这是家用的小保险箱，于是再问阿香里面藏什么，阿香说别的不知道，只看见老太太从里面拿出二张照片看，二张照片是二少爷和三少爷的照片。

叶志雄和黄雪薇点点头。但是小铁匣子不见了，开匣子的钥匙也不见了。他俩冉检查房里的陈设，看见木柜上摆着一只大皮箱。

叶志雄把皮箱一拎，木柜的板面上有一块白色的痕迹，仔细一看，原来是皮箱的漆因为箱子日子摆久，沾上去了，但是当他拎皮箱的时候，没有发生脱漆的声音；再仔细看看木板上印着一个尘埃的影子，但是箱子的现在位子与原来的影子不凑合，他俩再点点头。

这时楼下一阵悲痛的啼哭声传上楼来，声音非常悲惨，他俩便下楼，只见回娘家去的杨守林的太太已经赶回来了，一面一把眼泪一把鼻涕地拭着，一面哭着嚷着："婆婆你怎么这样忍心丢下我们去了！以后叫我一人管家怎么管得了……"

黄雪薇不免迎上去劝解一番，过了许多时候，哭声才停止，她说："我早上动身去的时候，我还去看过婆婆，安安静静地睡着，只要我一出门，没有人照料便出事儿。"又呜呜咽咽地哭起来了，雪薇还是劝解。

"杨师母，平时都是你服侍你婆婆的吗？"叶志雄问。

"我每天晚上总要去看她睡着了才回房去，每天早上总要去看她一次方下楼去，平时要茶要水也是我，吃饭吃点心也是我，一个小丫头能懂什么呢？"

黄雪薇夫妇也曾听得人家讲过杨家奶奶贤慧，叶志雄和黄雪薇一听之下，互相看了一眼，她问丈夫说："只有等杨先生回来了。"

这时刚好杨老先生的太太走了进来，听到如此说法，她便接口说："他每次进城，总是当天赶回来的，大约差不了就要回来了。"但是一直等到午夜也不回来。

事情反而使叶黄夫妇糊涂起来，二人在房里私下商谈了三天也谈不出一个结果来，连得杨老先生上城也三天不回来。那事正使她着急，杨老先生的太太更着急。叶志雄每天在全幢房子里转，每天与杨家孩子们讲故事、玩耍，许多小孩子每于饭后拥到他俩的房里来闹。

那天许多小孩子在房里爬上爬下地在捉迷藏，一不小心，打破了一只碗，惊起了叶黄夫妇，上去一看，原来是前欲保存着的盛鸡蛋的那只碗，仔细一看，鸡蛋并未烂腐，鸡蛋黄还是新鲜的黄黄的颜色。

叶志雄对太太叫一声："是水杨酸！你瞧，防腐，杀菌，也杀人！"

许多孩子看见他俩态度严肃，便不敢再闹，一哄逃了出去。

黄雪薇握起扫帚扫地，突然间看见地上有半张照片，一个廿三四岁的青年，照片已经撕碎，剩上半部的脸。

她看看像杨守林，但是杨守林并没有如此年青，便悄悄地去喊了阿香来，问阿香那张照片是谁的，阿香说："这是三少爷的。"

叶志雄接过照片，便向大门外冲，黄雪薇问他为什么这样莽撞，他回过头来说："我去买点糖果给孩子们吃。"

叶志雄买好了糖果，故意慢慢地吃，慢慢地走，有意在逗孩子们。

在天井里玩的那些孩子们一看到他在吃糖，就一窝蜂地又拥了进来，他便把糖撒在地上，让他们抢，各人抢到糖之后，都坐着吃了，然后他举起那张照片，问："那张照片是哪一个拿来的？"

"我的！"

叶黄一看，正是杨守林的儿子，他俩互看一眼，然后拿出糖来给他，问："这张照片在什么地方拾来的？"

"我妈妈丢了的。"

他俩设法把孩子骗出房去，然后说："好了，一切事情都明白了——以后的问题就是如何处置了。"

黄雪薇说："你把此案本末写成一个报告，交给杨守林，由他自己去决定吧，我们是客，就要走的。"

这时，韩良相找他俩来了，他说已经办得一宗土产运往上海，明天一同动身，当下三人就约定了。

"这案子完了没有？"韩良相问。

"完了。就是全村有名贤慧的杨少奶奶！"雪薇说。

"为什么？"韩良相惊奇地问。

"为了今年下半年老二老三要结婚，她自己本想管家产，可惜有个生病的婆婆碍在眼前，如果婆婆现在死，那些田地契据她可以一人到手。前几天杨老先生和杨守林打架，她便利用这个机会想假祸于杨老先生。可是弄巧成拙，如果单用水银一样东西，或者真可达到目的，可是她不知道水银吃下去不会当天便死……也不必多谈了，明天路上详细谈吧。"

到了上海，一到局，便有许多同事围了拢来，喊着："老叶来得正好！"

"什么事？"志雄问。

"现在正有一件棘手案件等你俩夫妇来办哩！"

红皮鞋

叶志雄和黄雪薇夫妇俩从杭州度蜜月回来，一到局便有许多同事围了拢来，内中有一个叫周永清的对他们夫妇俩说："你们来得正好，现在正有一件重大疑案，等待你俩来办。"

叶志雄虽然舟车劳顿，一听见有案要办，马上兴奋起来，从西装袋里掏出一包香烟，几个同事一人一支地分过去，自己也点上一支，马上对他的太太说："你先回家去吧，我留在此地了。"

黄雪薇笑一笑便辞别了许多同事，回家休息去了，不过临走时还回过头来："志雄，晚上早一点回来，等你吃晚饭哪。"

于是许多同事都哄的一声笑了出来，周永清开玩笑说："哟，刚结婚的夫妇真亲热！好，嫂子，不到七点钟马上给你送回去，包你一点也不少，——今晚我送他回来，你可要请我吃饭啊！哈哈！"许多人又大声地笑了起来。

"好吧，请你一定来吃饭吧。——好，不奉陪了。"

许多人送黄雪薇出了大门，代她雇了一辆三轮车。

送走了雪薇之后，他们才重新走回办公室来，开始研究最近发生的这件案子。

首先是叶志雄问他们到底是什么案子，周永清回答他是一件女子失踪案。

叶志雄一听之下，立刻沉下脸来，好像对于失踪案子特别感到麻烦似的，于是周永清问他："怎么，这件案子你不感兴趣吗？"

"并不，而倒是觉得事态的严重。"

当叶志雄说出"严重"两字之后，大家的心里也随着感到严重起来，但是他们都是莫名其妙的。

结果周永清再问他为什么由此会想到"事态严重"，志雄说："上海自从去年以来，从来没有发生过失踪事件，因为上海的绑匪早已绝迹，即使有的潜伏在上海，也不敢妄动。现在居然又发生失踪案子，难道这批绑匪又活动起来了？或者说外埠来了一批绑匪到上海来作案不成？你们想这事情不严重吗？"

"这点，我们也没想到呢。"

大家闹哄哄的情绪一下子就镇定下来了。

叶志雄说："假使事实是如此，那么，我们将要下一番功夫了。"他把香烟头丢入痰盂，顺便坐在沙发上，对周永清问："这件失踪案，是谁在经办？"

"我，但是我无从入手。"

"那么请你把已经得到的成绩不妨先说给我听。"

于是周永清便把这件案子讲了一遍。

棉布庄老板娘失踪

就是叶志雄夫妇回到上海的这天早晨，大约六点钟还没有到的时候，有一个中年人跑到局里来报告，他说他的太太今天清早不见了，请求警察局侦查。

这个男人，卅五岁，胖胖的身体，结实的肌肉，好像很有气力似的，一副商人模样，清早尚不曾洗脸，似乎带有一点睡态，却看得出面色红润，显见得平日营养丰富，滋养身体。络腮胡子，但是刮得很光滑，人也生得眉清目秀。穿中装，穿的是淡咖啡哔叽 ① 夹袍子，脚上穿一双黄纹皮皮鞋。

他的名字叫宋嘉春，是鸿发纱布庄的老板。纱布庄开设在金陵东路，他的住宅却在市郊洋房里。每天早晨从家里到店里去，

---

① 哔叽：一般作"哔叽"，一种斜纹的毛织品。

看看店里的营业情况，并不出去游玩，在店里吃中饭。吃过中饭总在店里睡一个午觉，账房后面有一个小房间，有一张小床，特别为他设的。睡过午觉之后，差不多是二点多钟了，再在店里坐一回，到了四点钟模样，他看过账房先生结的账，便动身离开店。

他的生活差不多天天是如此，不大有什么变动，除非有人请客吃中饭，否则总在店里吃饭。他自己也偶然请人吃饭，但是请人吃饭，总是请的中饭，并且老是把酒菜送到店里来吃的，他说这样可以使账房先生以及三四个伙计都可以吃到，因为他的请客，人数不多，多下来的菜又可以给学徒栈司①们吃，一举数得。

可见得这个宋嘉春平日为人，对于店务非常关心，不喜豪游，讲求经济实惠。至于舞厅、妓院这种游乐场所，更是从来不涉足的。

讲到他的家里，连自己一共是五口。父亲三年前已经去世，母亲年老，住在乡下；一来是年老人不愿意到上海来住，因为爱清静，怕烦扰，二来是乡下还有一片祖田，所以带着一个老妈子在乡管理田产。妻室在上海，结婚了六年，还没有生育过一男半女。上海的家中，除了妻室之外，还有一个女用人、一个包车夫。

———————————

① 栈司：旧时管理库房的后勤人员。

女用人姓唐名静芝，年二十八岁，北平人，生得端正清秀。包车夫名叫徐大，大家都叫他老徐，卅八岁，在宋家已经有十几年了，好像是自己家里人一样，也穿得清洁干净。以前是拉包车的，战时三轮车新兴，所以把包车换了，改踏三轮车。每天早晨只送宋嘉春到店里去一次，晚上宋嘉春回家并不是由他接回去，是自己坐汽车或另雇三轮车回去的，因为宋嘉春时常要买点东西回家。这个老徐因为三轮车不大踏出去，一天到晚很空，所以便在家里做做杂差。

据宋嘉春说，家中的生活每天不变。他太太失踪的前一天也和平时一样，什么动静都没有。

前三天晚上，曾和太太在房中谈了许多话，一直谈到深夜一点钟。这次谈话的原因是为了乡下的母亲寄一封信来，问到媳妇近来有没有喜，于是打动了嘉春的心。但是他非常爱他的太太，总不想娶一个姨太太，因为姨太太来，并不见得一定会生儿子。万一真的不生儿子，反而增加了许多麻烦。

嘉春和太太是分房睡的，至于是什么缘故，却没有知道，大约嘉春有许多生意上的事要做，所以他的房里，写字台上有账簿，有算盘，有文具。他对于太太的失踪当时并不觉到，只是在九点半钟临睡时，他的太太正在吃阿斯匹林，因为她说有点头痛，吃点药早点睡，出点汗就会好的，并且叮嘱嘉春也早点睡。假使要喝酒的话，可以叫女佣静芝端到房里去，因为她已经关照好了的。

　　嘉春的房间是在楼下的，太太的房间却在楼上，据说从去年十二月起，他便搬到楼下来睡了，因为他说快近阴历年节了，来往朋友亲戚多，招待比较便当。有时或者碰到几个生意上朋友，谈得有劲，也许会谈到半夜，这样可以避免吵扰太太的清梦。自从那次搬下楼去之后，一直便没有搬上来。在这期间，嘉春也略略害过一个礼拜的小病，不过是微微发点热而已，在病期中店里自然不去了。

　　周永清把宋嘉春的情形及家庭状况介绍了一番之后，叶志雄频频点头，突然仰起头问周永清："宋嘉春太太失踪之后，有什么新发现吗？"

　　"我今天早晨一接到这个报告，立时就跟他一道到他家里去，先查看了一番他家房子的门窗和四周的环境，又看看草地上，因为昨夜十二点钟时曾经下过一阵小的雨，再去检查了一下门窗和墙，一点迹象也没有留下来，所以我觉得非常地奇怪。现在我正在想象，这女人到底为什么会失踪？是被人绑得去呢？还是自己想想没有人生趣味而偷偷跑出去自杀了？或者是逃到哪里去当尼姑？总而言之，现在我一点也摸不出头绪。正在困难之际，刚好你们夫妇俩回来了，这正是我们的好运气，现在我可以把担子交还给你了。"周永清笑着说，耸了耸肩膀。

"好，你倒贪便宜！"志雄轻轻一下打在周永清的背上，"说正经的，局长在吗？"

"在。"

"那么让我见一见局长之后，马上跟你到宋家去一趟如何？"

"好极了！我自然来做你的助手。"

"那么，你去预备车子吧。"

叶志雄立起身来，匆匆地跑上楼去，走进局长室。

局长看见他来了，问道："你回来了，蜜月滋味如何？"

志雄笑了笑，坐下回答："还好，却有了一个无意中的收获。"

局长不十分正经，也不十分认真地问他什么东西，志雄报告他并不是得到一件东西，而是破了一件媳妇谋杀婆婆的案子。

局长听到说破案，于是立刻想起宋嘉春的妻子失踪的事件，便正式地说："志雄，今天清晨发生了一件纱布庄老板宋嘉春太太失踪案，这案件颇为严重，你不妨就去打听一下，到底是不是绑票？假使是的，那治安问题就成问题，别的事以后再谈吧。"

叶志雄站起来，和局长打了一个招呼便匆匆下楼。

这时周永清已经把车子预备好了，是一辆吉普车。两个人一坐上车子，马达一开，便朝宋家驶去。

小学教员模样的女佣

叶志雄和周永清到了宋宅的大门前，打了门，老徐开出门来，他认识周永清，马上就问周永清："我家少奶奶有下落吗？"

周永清也不多答话，只问一声家主在不在家，老徐说家主正在家中，于是周永清把叶志雄带到里面客房里。

宋嘉春因为心中烦恼，无心到店里去，只是坐在客房的沙发上抽烟，看见周永清来到，马上立了起来，迎上前去。

经过周永清一番介绍之后，彼此重又坐了下来，志雄从口袋里摸出一张卡片，和宋嘉春交换了，各自在卡片上细看。其实叶志雄正在偷偷地端详宋嘉春的面貌、态度，一切与周永清所讲的没有两样。

这时女佣捧上茶来，志雄仔细一看，原来生得标致大方，打扮得清洁干净，朴素旗袍，头发后面卷起，俨然像个小学教员的样子。

志雄心中一呆，料想这个女佣一定是唐静芝了，再看看她走路的姿态，点点头，等到她走出去的时候，便轻轻地问宋嘉春："这个女佣看起来是嫁过人的呢？"

宋嘉春点点头，志雄也点点头，便不再问下去了。

"宋先生，你太太房里东西，一切都不曾移动过？"叶志雄说。

"是，叶先生，平时我也喜欢看《大侦探》①，所以懂得一点规矩，一发觉她失踪以后，便不准用人走进去，便把门锁了。"宋嘉春答。

"现在我想到房里去看一看，请宋先生把锁开一开。"

于是宋嘉春带着志雄、永清两人上楼，把他太太的房门开了。

志雄等一走进房中，便开始侦查工作，先仔细侦查房门，他从袋里取出一面放大镜仔细地观察，只看见钥匙孔旁边略略有几条刨痕，他想，宋的太太平日为人一定比较小心文静。再检查地板上的痕迹，光滑无尘。他再走到窗前，仔细地检查一番窗门，再伸出头去看一看墙，白粉墙上洁净如故，一点线索也没有。再把她的衣橱一看，开门，开不动，还锁着，还好宋嘉春也有钥匙。开出来一看，一套套的衣服挂得整整齐齐，还放着四双皮鞋。

于是志雄问："宋先生，你太太昨天穿的什么衣服？什么鞋子？"

"大概是蓝底白花的绸夹旗袍，穿哪一双皮鞋却忘了。"他

---

① 《大侦探》是民国时期重要的侦探小说杂志之一，1946 年 4 月 1 日创刊于上海，由第一编辑公司出版发行，开始为月刊，后改为半月刊。第一至十七期，由民国著名侦探作家孙了红主编，1949 年 5 月 16 日出至第三十六期后停刊。

看一看衣橱中四双皮鞋，内中少了一双红色的，嘉春立刻想到，"喔，记得了，她曾经有一双新买的红皮鞋的，现在不在这儿，一定是穿红皮鞋的了。"

叶志雄再开出她梳妆台的抽屉，以及查看梳妆台上的东西，略为有点零乱，抽屉里粉匣子却盖不弥缝，一个粉拍搁在抽屉板上。但是各种香水瓶儿，仍然都是整整齐齐地排列着。

志雄拾起那把长大的玻璃梳子看了一下，只见齿上面挟着二根不长不短的短发丝。

志雄问："你太太最近才烫过头发，是不是？"

"是，叶先生怎么知道？"宋嘉春惊异地问。

"因为她梳齿上的头发丝，弯曲得非常厉害，不过我猜想一下罢了，碰巧所问的，跟事实相符就是了。"

叶志雄将梳子慢慢地放回原处，顺便在镜子里照一照自己的脸，便转过身来，向全房间瞥了一眼，觉得整个房子的布置非常得宜，各样用具也安置得和谐，运用方便。

突然看见床边一只樟木箱的地位实在放得不妥切，志雄想宋嘉春的太太一定是个聪明贤慧的妇女，样样东西都安排得妥妥贴贴，唯有这只樟木箱子不大合适，也许其中有什么道理在，所以他要求宋嘉春把这只箱子开出来看看，可是宋嘉春说钥匙没有开不开来。

志雄心里好像垂了一个铅块似的难过，他用失望的心情，下意识地摸了一下箱子，又随便拨了拨锁钮，谁知道一拨即开了，原来没有锁上。

这时叶志雄喜出望外，马上把箱子打开一看，原来放的是冬季的呢绒衣服，叠得平平整整，一只小小的漆的木匣子，歪斜地躺在衣服上面。拿出这个匣子，打开一看，里面有几样首饰，有金子的镯子，有白金的戒子，有小珠子的项圈，有金锁片，不过数量却并不多。

叶志雄想，既然有首饰放在这里，为什么连箱子的锁也不锁，就问宋嘉春道："宋先生，你替你太太买多少首饰你还记得清件数吗？"

宋嘉春跟他说，数目已经记不清，这些首饰大约是婚后六年中零零碎碎添购的，有些是值钱的，有些是不值钱的，甚至有一个很大的钻戒是假的，但是样子看起来像真的一样，他的太太时常在宴会里爱戴那一只戒子，因为她也不知道那是一个假的，她以为像我们这样有钱的人家绝对不会有假的东西。

叶志雄一面听他说，一面嘴里答应；一面又在想，一面眼睛还在匣子里看。看看匣子里最重要的已经不见，立刻叫了起来，把匣子递给宋嘉春看，他一看，立刻显出惊异的神色，他说："绝不止这点首饰。"

叶志雄一面点头，一面把匣子想放回箱子中去，忽然看见放匣子的原地位上，有一个小小的玻璃瓶。这个瓶子是倒放着的，他仔细一想，这个瓶子显见得是放在匣子旁边，靠牢在匣子上面，匣子一拿开便跌倒了，变成现在这种样子，可见最后一次拿首饰时，一定是非常慌张，所以连瓶子跌倒也不顾，连锁也不锁。

他再把那个小瓶拿起，看看里面是半瓶透明的液体，倒来倒去一看，流动得并不快，知道是一种半流体一类的东西，开开盖来一闻，无臭，又无色，但他不敢尝试，所以要求把这一瓶子带去，宋嘉春答应了。

这时刚好女用人唐静芝上楼来了，她立在门口说："少爷，请客人到客厅去吃点心吧。"

"那么请二位先生下去吃些点心再说吧。"宋嘉春说。

"周永清，你和宋先生先下去吧，我正心血来潮，让我坐在此地，想两三分钟就来。"叶志雄说。

于是他俩便下去了，房中只剩下志雄一人。他坐在沙发上想了一下，立刻又站了起来，走到马桶间里查看一遍。

马桶间清洁如镜，顺眼向抽水马桶里面一看，没有大便之类的污物，只在白白的瓷斗中漾着一潭透明的清水，但是却有一小块药水棉花浮着，水面上也还有一层油花浮着。油花还在水面上缓慢地翻动，正耀出五颜六色的光彩来。

他想捡起那块棉花来，但是没有工具，也只好作罢了。侦查完了，匆匆地下楼来，宋嘉春正陪同周永清在吃点心。

"有什么新发现吗？"周永清问。

"没有。"

"请用点心吧，大侦探。"宋嘉春说。

他们一面吃点心，志雄一面对嘉春说："吃好点心，我想在花园草地，以及府上四周外围，查看一番。"

吃过点心之后，叶志雄站起身来，踱到宋嘉春的房门口站住，想了一想，又朝厨房那边走去，又在一个房门口站住，这时刚好宋嘉春赶到，他以为志雄在找小便间，于是志雄便指指房门问他这间是什么房子，嘉春回答说是女用人静芝的卧房。

忽然，叶志雄对于这间房子感到兴趣起来，他仔细一打量，点了点头，便和嘉春回到客厅里。这时大家都吃好点心了，便一同到草地和大门前去查看。

大门是铁皮门，很重，开关时都要费点力气。他们走到大门口，门前是一块水门汀的走道，门前还有一条沟，青草疏落地生长着，水已涸但并不干，沟上一条桥。说桥不如说是铺在沟上的路，也是水泥做的。走过沟，便是路，路面上留着多条汽车轮子的痕迹，共有三种花纹，一种是横纹的，一种是直纹的，还有一种是 m 形的，横纹的是他们自己的吉普车轮的印子。

虽然昨夜下过雨，但是一个足迹也没有，叶志雄觉得很奇怪，在路旁的青草上踱来踱去。微风吹动了他的头发，使他的脑子略略轻松一点，忽然一只小田鸡，从他的脚旁跳到沟里去了。他正想以此冷一冷他用得疲倦了的脑子，朝沟里看去，那只小田鸡因为听到有人追踪着它，便拼命地向桥底下跳去。

叶志雄蹲下身子往桥下一看，只见青草丛中露出一块鲜红的颜色，红得发亮，他索性俯身一看，原来是一只红皮鞋！这时田鸡也不顾了，马上注意到这只红皮鞋。皮鞋仰摆，尖朝桥心，鞋跟朝外，皮鞋尖还略略陷入烂泥中。叶志雄立刻捡了起来，问宋嘉春："这是你太太的红皮鞋吗？"

"是，正是！"宋嘉春既兴奋又伤感。

这时叶志雄觉得案子似乎有点线索了，再经一番考虑，又问宋嘉春："今天早晨当你们发觉太太失踪之后，你们的大门是开着的还是关着的？"

"关的，并且大门的铁闩还是闩着的。"

这是一个不可解的难题，居然铁门还闩着，难道是从墙上爬出来的？于是叶志雄跑到大门两旁的围墙上仔细观察，然而一点结果都没有。情节愈来愈曲折离奇，刚刚松下的情绪又紧张起来。

他一手握着大门铁闩，背靠在门上思索，因为铁闩是冰凉刺激了他的手，甚至冷到他的心里，他的脑子立刻便产生了一个反应。他翻过身体，把大门关了，把铁闩上了，一手拨开铁门上的那个小窗。

那个小窗约有四寸见方，有一块可以活动的铁皮盖着当门，是平常备来看外面是谁打门用的。

他现在把它拨开了，把脸凑到方洞口，向外面的周永清喊："周永清，你来试试看，把你的衣服脱了，将手伸进洞里来，要快！"

他看着周永清的手臂从洞里伸进来，再告诉他尽可能地伸。周永清真的尽可能地伸着，然后叶志雄叫他摸铁闩，再叫他推铁闩。铁闩果然推过去了，门也开了。

叶志雄这时面有笑容，刚才所有的疑团都已经冰释了。于是再叫周永清摸铁闩，永清虽然摸着，但是叶志雄叫他再闩上的时候，永清弄了许多时候，却仍然闩不上去，这一来又把叶志雄的难题拉回来了。

他心急又心慌，好像非常烦恼，忽然他发了火，向门外叫："永清，你索性连衬衫也脱掉，不要怕冷，为了探案这一点应该忍受的！"

这时，只听得门外永清在咕噜，说什么这样春凉的天气，脱去衬衫赤膊，实在是吃不消的，可是一只赤裸的臂膊还是从洞中伸进来。

永清这人，身体生得高，是个瘦长条子，他尽力地伸，差不多连肩头也硬伸来半个，叫他摸铁闩，用指头挟住铁闩尽力弯曲，于是那根铁闩慢慢滑动了，一点点拉近来，拉近来，居然套进了那个铁环，门仍然锁上了。

"好！"叶志雄大叫起来，双掌啪的一声拍响着，又叫，"永清，快穿衣服吧，不要冻出病来！"

等到门开，大家会齐，宋嘉春已经呆看了半天，早想探问，现在再也闷不住了，马上问："叶先生，这件案子有眉目了没有？"

"请你放心，已经有线索了。——现在时候已经不早，我的太太在家等我，不过我还有许多话要问你，请你明天早晨到我们办公室来一趟，这里的事情已经完了。明天见吧。"

"叶先生，你们两位在这里吃了晚饭去吧。"宋嘉春说。

"不客气了，我和太太约好回家吃饭，一定得回去。"

叶志雄和周永清登上吉普车，周永清驾着车子走了。

宋嘉春顿时感到凄凉起来，更听到叶志雄口口声声地提到太太，更引起他的伤心。看看天色快要晚下来了，园外古树上的乌鸦吵得烦人，他在暮色中回到房里去。

叶志雄和周永清的吉普车开到了志雄的家门前，黄雪薇一听车声便出来迎接了，劈头第一句是："办好了没有？有没有什么困难？"看见周永清，又欢迎着说："周先生说来吃晚饭，我真的替你预备着酒菜哩！"

"好吗？所以我也把你的叶先生完完整整地送回来了。"

一阵轻快的笑声散落在暮色沉沉的太空里，这时已是万家灯火了，也是晚饭的时候了。现在他们一进门，便坐到饭桌边上去，因为雪薇早给他们预备好了。他们一面喝酒，周永清和黄雪薇便问起这件案子的线索来，于是叶志雄综合了他今天所得的结果，理出一条宋太太失踪的大略情形——

"这件案子第一个值得注意的地方，是宋太太的失踪一定是自动的，所以她打扮过一番，穿新的红皮鞋，穿新衣服，戴了首饰。但是首饰带得很多，很贵重，这是一个可疑的地方。

"第二是正正式式从大门出去的，出去就出去好了，反又把门闩重新闩上，开门闩门的人，一定是个瘦长的男人，比周永清还要高些，所以他能把门闩上。

"那只红皮鞋在沟的桥下找到，这里是第三个可注意的地方，假使因性急丢掉绝不会掉到桥下，也不会鞋尖朝桥心，鞋跟朝外，也不会鞋尖陷入烂泥。由这一点看来，可见宋太太走出大门之后，可能是被人绑去的，她要挣扎，可是已被人抱住，所以双脚乱动，以致把皮鞋甩脱，恐怕宋太太的性命有危险也说不定。

"除这几点之外，还有两个难解决的问题：一个是绑宋太太的是什么人？另一个则是宋太太樟木箱中的那瓶液体，不知究竟做什么用？"

当叶志雄说到这里的时候，便从口袋里把这瓶子拿出来，给大家看。

黄雪薇接过来看了一眼，开了盖闻一闻，没有气味，也不知是何物。

叶志雄当场又接下去说："明天无论如何要把这瓶东西送到陈氏化验所去化验。这瓶子既然放在首饰匣子一起，可见是宋太太认为非常贵重的东西。还有一点也是奇怪的，在她房里的抽水马桶里发现了一块棉花，水上还浮着油层，莫不是这瓶东西和马桶里的棉花和油层有关系吗？"

"棉花的样子如何，是长长的一条，还是一小块？"黄雪薇想得很周到，因为她是女人。

"只是一小块。"

叶志雄再继续研究下去，他说："除了马桶里的棉花之外，再有一点也值得研究，宋嘉春为什么移住楼下以后，便不再上楼住去？莫不是他与娘姨有什么关系？这娘姨的名字也特别，叫什么唐静芝。从来没有听见过娘姨的名字有这样雅致的，并且她的卧房和宋先生的卧房相隔得很近，她的样子又长得很漂亮，不似用人的样子，所以这个女人的身世来历必须要私下打听一番。明天等宋嘉春来，马上这方面派黄雪薇去探问那个唐静芝的一切。"

事情便这样决定了，大家仍然继续吃晚饭，最后叶志雄说："最好不要得到发现女尸的报告。"

正在这样说的时候，门外有人叩门了，娘姨去开了门，进来一个警察，他跑上前来报告："周先生，下午四点钟光景，在郊外河滨边上发现一具女尸，因为当时找你不到，现在已经派人安排去了。"

"女尸有什么痕迹吗？"叶、黄、周三人着急问。

"如何死法，还要等验尸所的报告，不过当场只留下一个手提包和一只红皮鞋！"

"红皮鞋？一只？"大家跳了起来，再问，"鲜红的？高跟的？尖头的？"

"是！"警士也觉得奇怪，反问，"你们已经看到过了吗？"

叶志雄随便回答那个警士一声"是"，便叹着说："唉，宋太太完了！"

据叶志雄的意思，现在第一个问题必须找出那个瘦长条子的男人是谁；黄雪薇却怪叶志雄为什么当时不问问宋嘉春看，他的亲戚朋友中有没有瘦长的人。

叶志雄心里也承认自己的疏忽，但是他却说："因为要赶回家吃晚饭心切，看看天色将晚，便匆匆回家，忘了这一点。既然宋太太现在已经完了，也不必着急了，反正明天宋嘉春要到局里来的。"

酒醉饭饱，黄雪薇认为周永清第一次到家里来，总要请次客，或是看电影，或是喝咖啡，大家决定，今夜还是看电影。

第二天早晨，叶志雄到局里办公，一走进办公室，便听到勤工说，会客室里有一个姓宋的等着要见。他马上走到会客室，周永清已经和他在谈话了。

宋嘉春的眼圈发红，看上去还有点润湿，可见昨夜未曾好睡，大概周永清又告诉他太太已经死了，所以他悲伤得流过眼泪。

叶志雄一走进，互相打了一个招呼，便问周永清："你告诉他了？"

周永清点点头，于是叶志雄安慰他说："宋先生，不要过于伤心，事情到了如此地步，也是没有办法，我向你保证，一定要查出凶手是谁。"

"谢谢你，只希望能够早点破案。"

"当然，我们也如此想。——今天宋先生办理太太的后事一定很忙，也不多留，我只要问宋先生的朋友或亲戚当中，有没有瘦长条子的人。"

宋嘉春想了一想，说："有！"

"谁?"

"是静芝的表哥,我曾经在我的厨房里碰到过他。差不多比周先生还要高一寸光景样子。"他说。

"谢谢你,你有事去,我们也还有事去,隔天见吧。"

由此,彼此便分了手,叶志雄叫周永清快把车子开出来,立刻赶到宋嘉春家里去。

他俩在汽车中有了一个设想,谋杀宋太太的是静芝的表哥无疑了,至于为什么会谋杀,也有理由,宋嘉春一定看见女用人长得漂亮,发生了暧昧。由宋嘉春的不出外,喜欢住在家里,以及卧房与她相近,不再上楼去住种种情形看来,一定是有关系的。静芝因为与东家发生关系,贪图富贵,想嫁给嘉春,但有太太在,要顾忌,所以设法叫表哥谋死宋太太,等到事成,便可提出婚事,那时再用什么条件去谢她的表哥。

他俩谈得非常有头有绪,但是忽然想到,宋太太的走出门去,一定是自动无疑,唐静芝的表哥凭什么骗得动宋太太?宋太太又凭什么理由会相信他?正在推翻自己的猜测之时,又忽然想到那瓶液体,或许那瓶是迷药,使宋太太失去知觉,糊里糊涂便跟人跑出去,一到人门外,便被绑去。

这样翻复地猜想着,车子已经到宋家大门前了,喇叭揿了两声,那个包车夫老徐出来开门。

虽然彼此不相识，可是叶志雄们早已料到是老徐，便问他："老徐，你前几天到哪里去了？"

"我前几天是回乡下，看妈的病去的。"

于是他俩又转念到老徐的身上去，难道是老徐与静芝的表哥合谋的？

这时他俩已经走到房子前面，因为熟悉便一直朝客厅走去，客厅中黄雪薇已经坐着和静芝谈话了。

静芝看见他俩进来，便到厨房里去倒茶。

叶志雄眉头一皱，对静芝说："我们还没有吃早饭，请你到厨房里烧点随便什么点心给我们吃吧。"

等到静芝应诺了走后，志雄才向雪薇说："我故意把她打发了，请你把和她相谈的事先告诉给我们听听。"

雪薇便轻轻地简略地说出了静芝的身世：

唐静芝，北平人，今年二十八岁，她的父亲在世的时候是经商的，家里很有几个钱。她在一个高中里读过书，但是没有毕业，日本人便打来了，她的父亲病死，没有办法只好随母亲逃难，因为母亲有一个哥哥在汉口做事，于是她俩便受尽千辛万苦到了汉口。

谁知她的舅父是在汉口一个小学里当校工的，自己都糊不了口，哪能救济她俩母女？舅父没有舅母，只有一个儿子，名字叫作张大，在码头上做小工，幸亏那时那所小学缺一个先生，她的舅父因为为人忠厚，校长信任他，乘此机会将她介绍进去当小学教师，这样才算把生活解决了。

谁知好景不常，日本鬼子又打到了汉口，一家四人只好再度逃难。在混乱当中，母女失散了，舅舅也不知到哪儿去了，身边只有一个表哥张大。她想回到汉口去寻母亲和舅父，但是这时局势已经非常紧急，要回汉口也不容易，只得流落。

这时，她不知道到哪里去才好，她的表哥劝她到上海，因为上海有朋友，是在轮船里做事的，平时常常到汉口，因此认识，成为知己之交，到上海至少码头小工总好做，生活苦一点也过得过去。她想，表哥做人也很老实忠诚，和他一路到上海也没有什么关系，路上有人照应，并且上海又有生路的希望，他们便到了上海。

到上海之后，张大表哥很快地便找到事做了，他做的事当然是那些卖气力的事，钱可挣得不多，生活是很苦的，所以她想到也去找点事做。但是她看了看上海的情形，知道没有一点资本无论如何是找不到事的。第一，衣服褴褛，表哥哪里有余钱替她做衣服，即使他去借来，事情是否有把握还是一个问题，万一不成，不是白背一身债，害得表哥受苦吗？于是她决定去做人家的用人，管管孩子。由她的表哥打听，结果找到了一家姓钱的公馆，不料钱公馆里孩子多得要命，一共有五个，叫她一个人管五个孩子怎行呢，只好做了几个月便辞出来了。后来她到荐头①店去，到另一家大户人家当娘姨，日子倒过得还好，已经憔悴了的人，又回复到以往的青春。

胜利了，她想这时应该可以回到北平去，但是路费等等问题都限制着她，使她没有办法，只得再做下去。一直做到去年夏天，因为待她最好的老太太逝世了，她便辞了出来，仍回荐头店。刚好这天宋嘉春去雇娘姨，一看见她打扮得清清爽爽，面貌也长得端端正正，也不问价钿，便当面办妥手续，把她带回家来了。

她第一天到宋嘉春家做事，第一次和宋见面，也第一次便二人同一辆三轮车坐回家来，这是个奇遇。

唐静芝在宋家住了四个月之后，身体养得格外好看，面貌也长得格外漂亮。有一天晚上，大约已经十一点钟了，她坐在客厅里写信，想寄到北平去问问邻居，她家的房子还在不在，她的母亲还有没有回去过。刚好写了一大半，门外有人急急地打门，她知道是主人回来了，便赶紧去开门，连得信也忘记收起。平时总是老徐开的，这天晚上老徐病着，只好由她去开。

---

① 荐头：旧时以介绍佣工为业的人。

她和宋嘉春一齐走进客房，静芝想去把信稿藏起来，可是已经被宋嘉春看见了，问她是什么东西。她回答说是信。宋嘉春当时非常奇怪，一个娘姨居然会写信，好奇心的冲动，要过来看，一看之后，不觉惊讶，很清秀的笔迹，通顺的文字，宋嘉春便追问起她的出身来历，静芝只好把她自己的经过，原原本本地告诉东家，宋嘉春摇摇头叹着："埋没了人才！"静芝哭了，他安慰她。

　　有一天晚上，宋嘉春的太太出去了，家里没有人，老徐的病还没有好，主人还没有回来，因为天冷，只好坐在自己房里等主人回来开门。到十一点多，宋回来了，这样大一幢房子，关着一对年青的男女，于是当天晚上宋嘉春没有上楼，留在唐静芝的房里，经过一夜的恩爱，主仆发生了关系。宋嘉春在十二月三十一日那天便搬下楼来住了，从此后不再上楼睡去。

　　宋嘉春曾经轻轻地和静芝有过诺言，假使静芝能够生育，便可娶为太太。唐静芝也曾问过宋嘉春他太太为什么不养儿子呢？他说："我有个朋友，是个有名的医生，经他诊断，他说恐怕不会生产了。"为了这个缘故，唐静芝一直希望着自己的肚子能够大起来。

　　故事说到这里，叶志雄跳了起来，他说："好，破案的时候不远了！"

　　这时唐静芝捧了早点进来，摆在桌上后，说道："请诸位用早点吧。"

叶志雄站了起来，对唐静芝说道："谢谢你，唐小姐有空吗？我预备跟你谈几句话。"

"好。"从她的表情上，露出非常惊讶的神情，因为自从她流落他乡以来，从来不曾听到有人叫她"小姐"过，她呆着了。

叶志雄看她这副神气，心中十分怀疑，想必是案子与她有非常密切的关系，所以拉她到了她的房里，轻轻地告诉她："唐小姐，案子已经差不多到了破案的时候了，就是请你把你表哥的地址告诉我，你总知道，你的表哥仍然留在上海，还是已经逃到外埠去了？请你老实告诉我。"

"叶先生，这是什么意思啊？"唐静芝带着非常惊讶的神情问。

"谋杀宋太太的凶手恐怕就是他！"

"啊，冤枉！叶先生，我这表哥为人是十分忠诚老实的，他决不会干这些事，老实说，他也不大上我们这儿来，请你再查查仔细……"静芝急得哭起来了。

"你表哥我虽没有见过，可是我知道他是一个瘦长个子。"

"这是什么意思？瘦长的人多得很！"

"他用手臂套在大门方孔里开门、关门，这是逃不了的。"

"这就决定了吗？"

"所以我想见见他。"

"不，不，瘦长个子不单是他，洪医师比他还要瘦长，你怎么不去找他？"

叶志雄的眉毛突然紧皱起来了，他的脸部表情，好像显得非常失望的样子。他一直冲到客厅里来，一面嘴里不停地喊着"完了，完了！"，害得周永清和黄雪薇都吓了一跳。

问他什么事情这样着急的时候，他说："我的推测恐怕完全要转变了，现在又多出一个瘦长的人来了。"一面再想，一面和黄雪薇商量。

于是黄雪薇叫唐静芝出来，唐走出来时，眼泪还在一颗颗地往下滴，好像有说不尽的苦处似的。

"唐小姐，你说还有一个洪医师比你表哥还要长，是不是？"黄雪薇问。

"是。"

"他是怎么样一个人？他时常来吗？"

"他比我表哥还要长，人瘦瘦的，去年常常来，今年年初二也来过一次，以后就没有来过。"

"他常常来干什么？"

"替我家太人看病。"

"他来的时候，你家宋先生在家吗？"

"最初总是宋先生在家时来的，以后便是宋先生不在家也来。

每次来总是在太太房里替太太打针，揉肚子。我走进去时，他关照我，不叫我不要进去。"

"好，谢谢你。"黄雪薇和叶志雄他们的眉毛都蹙拢着，显而易见是把所有的思索力都放在这一问题上。

这时刚好一个警察跑了进来，递给叶志雄一叠公文纸。叶志雄连忙打开看，黄雪薇和周永清也挤了上去。

一看之后，才知道宋太太是中毒而死，移尸于浜里；那瓶液体是普通没有香味的美国军用品搽发油。这叠纸原来是验尸所与陈氏化验所的两份报告。

案情似乎又明朗起来，叶志雄想到抽水马桶的棉花和油层，为什么宋太太把这样普通的油藏在樟木箱里，一定是宋太太受骗，把这油当作宝贝。宋太太什么都有，再宝贝的东西也有，就是没有一个儿子，也许把油当作宝贝与儿子有关。假使是擦头发，她正有许多好油放在梳妆台上，为什么用这个？就算擦头，用棉花做什么？即使用棉花，为什么不丢在梳妆台上的香烟缸里，偏丢到马桶里去？这样一想，由马桶联想到生殖器上，也许骗她的人正利用她的没有儿子，想子心切，故意以假药叫她擦阴户而骗取她的钱。这次失踪还带了许多首饰，而想得出如此骗人方法的人，一定是医生，所以他赶紧问唐静芝。

"你知道洪医师的住址吗？"

"不知道。"

刚好这时宋嘉春回来了，他看见叶志雄、黄雪薇他们，一面说"辛苦辛苦"，一面问："案子有点眉目否？"

叶志雄以责备的口吻问他："你早上为什么不说瘦长个子的人是洪医生？"

"我急了！因为这人快半年不上我家的门，那天我只碰到静芝的表哥，所以脑子里只记着这个人，一时疏忽。难道洪医师和这件案子也有关系吗？"

"我想很有关系，请你马上跟我们到他那里去一次。"

"好好。"宋嘉春回过头来关照唐静芝，"静芝，也许我不回来吃中饭了，你和老徐先吃吧。"

周永清驾着吉普车，由宋嘉春指路，车子到了洪医师的诊所，门口贴了一张通知，说"本医师今日家有要事，停诊一天"。

叶志雄跑上前去问一问门房，说不在家。叶志雄不管三七廿一，一直朝内房里冲去，冲到一间卧房门口，看见一个瘦长的人，穿着睡衣，坐在沙发上抽板烟①。

叶志雄走上前去便问："你是洪医师吗？"

---

① 板烟：压制成块状或片状的烟丝。

"是。"

"我们局长有点头痛，请你快去一次。"

"我自己也有病，门口不是贴着通告吗？"

叶志雄不听他的话，只顾一味蛮干，横拉竖推把他拉到外面，向周永清使一个眼色。周永清眼快手快，立刻从腰间取出一副手铐，将洪医师的双手铐住，推上吉普车，朝局里开来。

宋嘉春和洪医生坐在一起，宋嘉春轻轻地问他："我和你是多年好朋友，为什么把我的太太谋死了，这是什么意思？如果要医药费，尽管开账好了。"但是洪医生只是垂头不语。

车子已到了局，立刻审讯。关于这件案子，洪医生知道也无法可赖，只得从实供招出来：

"我知道宋太太想子心切，她不相信她自己不会生儿子，她只以为她的丈夫有毛病不会生儿子，其实经过诊断之后，她的确因子宫受损不会生育了。我想要是我宣布了出来，只怕宋嘉春兄要讨姨太太，会影响到他太太的精神。起先，我的确想安慰她，想出了一个骗她的法子，说她的病可以医。我时常到他家去，谈谈天，玩玩。后来不知怎么一来，嘉春兄搬到楼下去住，不再上楼和太太同房。

"一个年青妇女，虽然不会生育，可是性欲是仍然有的，她的生活从此开始寂寞，于是我俩日益情深，她时常到我家来，终于二人发生了关系。在我，是看到她美丽，一时糊涂；在她，她却想借我替她的丈夫养一个儿子。从此，她天天逼着我医她的病，其实是无法医的。

"有一天被逼不过，我只好用假药叫她擦生殖器，选了美国来的零售的那种油，既不会影响什么，又不会中毒。谁知她却当为宝物，立刻藏到箱子里进去，却被我看见了许多首饰，内中有许多是我喜欢的，于是我下决心骗取过来。

"经过许多次的要求她出外，她不肯，这次我却骗她有一个外国朋友到上海，他是一个非常有名的原子能产科专家，多年不育者也可医好，可惜天明时要上轮船，所以须清晨天微前赶到他的寓所。因为见外国人，非要打扮得十分华贵不可，所以她把好首饰都带出来了。是她自己开了门，我把手伸进去关的门，因为这样可以发觉得迟一点。

"我把车子一直开到郊外，说肚子饿了，要吃点干粮，也叫她吃，她也吃了。这药药性很快，不一刻她便绵软失去知觉。我把她的尸首抛在浜里，自己驾车回来……"

"你的车轮的花纹是 m 形吗？"叶志雄问。

"是。"

"宋太太的红皮鞋丢在沟里做什么？"

"这我没有注意，她走出门，我关上门之后，我便把着她进车，因为隔夜下过雨，泥滑，几乎跌跤，也许红皮鞋便是那时丢的，大概我和她都太快乐的缘故，所以鞋子丢了也不知道，等到她发觉丢了皮鞋的时候，药已吃下去了，我也不管了……"

红皮鞋的案子便在这时结束了。

尾随的人

肉感镜头

青枫小姐今天在摄影棚里，非常受人注意，也非常出风头，因为今天晚上所拍的镜头，青枫小姐的要占一大半。公司老板和制片人以及公司里高级职员都陪老板坐在高高的台上，看着导演在指挥着演员和一切工作人员。

今天晚上有一个最最令人注意的镜头，就是青枫小姐所饰的妓女，受了几个暴发户的摆布，要她脱去衣衫，赤裸裸地跳舞而满足他们的兽欲。

关于这一场戏，青枫曾经和导演提出来加以修改，然而坐在高台上观看的老板却一定不答应，老板曾经劝过青枫："青枫小姐，为了艺术不得不牺牲色相，这是暴露大城市里豪门巨富的卑鄙行为，你为了这也应该牺牲一点；何况在实际上你并不是真的脱得精光，已经替你特制了丝质的全套紧身衣，只是在画面上现出是赤裸样儿罢了。

"再说，由公司方面讲，这是一部赚钱的戏，你这一镜头，当然可以吸引不少观众。于是跟你本身有极大关系，你在舞台上颇有名气，现在转入电影界，名气当然没有舞台上的响亮，我为了提拔你起见，故意选你来担任这一角色，否则我为什么不去请白光去？白光的资格比你老，我可以担保，这部片子一问世，你的名字将被每一个观众所永远记住。所以为公司，为你自己的声誉，还是照我的意思拍下去吧。"

青枫被老板说得低头默许，于是老板和许多高级职员笑了起来，她也朝老板斜视了一眼，互相笑了，在这一丝笑里，不知蕴藏着多少情感。

这时听得青枫答应拍这一场戏，导演十分高兴，加倍努力，指挥摄影师镜头角度都摆得好，指挥照相的人员，灯光要打得匀称调和，指挥录音的要特别留意。

一切准备停当之后，青枫准备登场，一切已经由化妆师格外加工化妆，自不待说。

正在这时，一连由工役递进来五六张名片，青枫一一看过后，笑一笑，都允许了，再和老板和导演打一个招呼，他们只要青枫肯演这场戏，也自然答应了。

于是进来了五六个打扮得整整齐齐的绅士模样的年青男人，

一律都是西装革履、飞机头 ①，在水银灯下照得闪亮。

青枫和他们一一打过招呼后，再指点一个妥当的地方，叫工役搬了五六张椅子，打发他们各自坐下，然后叮嘱他们："你们只是坐着看我拍戏，切不要作声，因为录音器便设在那个地方。"五六个年青人当然都是点头听命。

现在工作开始了，导演大声叫着"预备"，四面八方灯光一齐打过来，照耀得如同白昼，摄影师抖擞精神，其他配角都先后上场，然后青枫被老鸨喊了出来，几个嫖客和她一番调笑之后，到相当的时候，有一个嫖客提议，要这个姑娘把衣服脱下来。她被惑于势力和金钱，只得把外面的衣服纽子解开。

这时另一个客人便帮着她，一把将衣服褪下，现出一个赤裸的模特儿来，于是几个嫖客饮酒、哗笑、称赞，然而妓女却含泪、低头、羞涩、躲闪，却有许多说不出的苦哀。

场外许多看拍片的人，却寂然无声，一方面是被剧节所感动，另一方面则注意在青枫小姐的曲线美上，一时不知所措。

直等到这场戏拍完，大家才哗啦啦一阵鼓掌，摄影棚里每个人都笑得咧开了嘴。那几个来看拍戏的男人，自然是更不必说了。

———————————

① 飞机头：头前面的头发向上翻翘的发型。

这一场戏拍好的时候，已经是午夜，将近一时了，青枫和老板去说，今天她有点头昏，须要早点回去休息，老板一口答应，他说他要用汽车送她回家，但是这时她想到等在门口的五六个男朋友还没有打发走，她也不便和老板一齐走。

其实平时她差不多每天和老板同餐，同车，同在一处玩的。然而，今天晚上她好像心中有一种莫名的忧郁，她只想一个人清静一点，她只想一个人坐在自己的卧室里呆呆地想它半天，然而她却想不出一个什么来，只觉得一切都是混乱。

她辞了老板，走到门口，五六个男人都一齐围了上来。这个说："青枫，我送你回去吧。"那个说："青枫，今天这场戏真演得不错，我真钦佩之至。"还有人说："戏拍吃力了，坐我的汽车回去吧。"再有人说："今天晚上的作风，犹如好莱坞以往的热女郎克莱拉宝①一样大胆。"最后一个说："青枫，我们去吃一点夜点心吧。"

这些话使她理不清头绪，站在面前的人，都是赞誉她，爱她，然而她不知道他们为什么今夜特别爱护她，她不明白他们有什么目的。

———————

① 克莱拉宝（Clara Bow，1905—1965)，今译克拉拉·鲍，女演员，有"性感女郎"之称号，其主演的默片《翼》（*Wings*，1927)曾荣获第一届奥斯卡最佳影片奖。

她愈想心中愈是难过，她立在摄影棚门前，差不多被他们包围个足足有二十分钟，她于是想到："我立在这里做什么？究竟做什么？"

摄影棚地处落角，已近市郊，举眼看去，一片漆黑，更觉得心中杂乱起来，那五六个男人还紧紧地缠住她，于是她开始光火了，她请求："请你们各自回去吧，今天我什么地方也不去！"她一面说，一面便跨步走了。

五六个男人还随在身边拉杂地纠缠，于是青枫小姐正式地动了火，她用教训孩子似的口吻说："滚开些！让我一个人走！你们再缠住我，从此之后，你们不要来找我……"

她加快地走，可是这批男人还是跟着她，她回过头来大喊："再不走，我要叫警察了！"

于是这些男子才散了去，各自走各自的路，有车的自己开着车，没有车子的也走了。

这些男人一走之后，她似乎觉得头脑清楚一些了。现在她能比较有头绪一点地想。她想："我为什么要去拍这种片子？难道这便是艺术？假使一个女演员光着身子能算艺术，我不是直接到美术专门学校去当模特儿要好些吗？但是陈老板对我太好了，太关心了，他虽然一方面为了要赚钱，可是他屡次想提拔我，我是一个没有经验的电影演员，不是大明星，他为什么要造就新人才，为什么不作成别人？他对我太好了！导演对我也特别仔细。陈老板还时常带我去看外国电影，叫我学习几个外国女明星的作风，他们这样成全我，我应当为公司努力服务，但是……"

她一面走，一面想，不觉身上有点寒冷起来。真的，天气已经是中秋过后了。这时她连一件羊毛马甲也不曾带出来。秋风不断地在簌簌地吹，路旁法国梧桐的大叶子在风中摇摆，摇出飒索之音，情调颇为酸凉。

天上也没有月亮，只有疏疏落落的几颗寒星。挂在马路当中的电灯，发着暗淡的黄光，更显得环境的可怕和恐怖。

青枫穿着高跟皮鞋，鞋声嗒嗒地在马路的柏油面上响着，更衬得夜晚的寂寞。她约莫走了半里多路，才感觉到脚尖有麻疼，她想雇一辆三轮车，然而深夜里，在那样角落的地方，连车影子也没有。这时她倒懊悔起来，我为什么不坐他们的车子回家？然而她想到这些男人的善于纠缠，她倒又庆幸起来，还好不和他们在一起，否则这时自己的身体在什么地方也不知道了，上海地方的男人就是这样找麻烦。

她还是在马路上走，想雇车，还是没有看见车子，她只好放慢了脚步走。她嗒嗒地走到一个别墅门前，突然铁门内院子里一只狗狂吠起来，前爪抓住铁门，这一下使她吓得不小。她轻轻骂了一句，拼命地跑了一段，等到犬吠声听不大十分清楚了，才又慢了下来。现在她不靠墙走，唯恐再碰到狗叫，所以在马路当中走，反正也没有车子来往。

她行走在那样宁静的夜街上，非但觉得寂寞，并且已经觉得冷静。正在这时，忽然听到身后好像有沙沙的声响，她想这也许是树叶落在街路上的声音，便不再注意了。

但是沙沙之声愈来愈近，她想回过头去看一看，但又不敢马上回头，所以她想让到路边上去，可以斜眼偷看，谁知她向路边走去的时候，这沙沙之声也在路边的身后响了起来。这一来，才使她心里有点着急，于是恐怖之心，反而使她想回过头去看一个究竟。

她一回头，一眼瞥见一个穿黑色长衫的人跟随在她的身后，当她回头时几乎鼻子撞着他的胸脯，这一惊非同小可，险乎尖声大叫起来，但是又立刻抑制下去。

她加快地走，可是后面的声音也加快地跟着。她没有看清这个人是一个怎么样的人，因为回头时他和她都在树荫下，看不清楚。

这时她想：这到底是一个怎么样的人呢？是同行的夜行人吗？或者和我认识吗？和我认识为什么不叫我？和我一定不认识，不认识为什么一定要盯住我呢？我走到路当中，他在跟到路当中，我走到边上，他也跟到边上，我快他也快，我慢他也慢，这究竟是什么意思？

现在青枫决计要看清楚这是一个什么人，于是她立刻壮了壮胆子，慢下脚步来，一步一步地挨，她故意想把自己的鞋带弄松，可以借缚鞋带时偷看一眼，但是缚紧着的皮鞋带是没有办法叫它自己松下来的，所以在某一个明亮一点的地方，她只当鞋带已经散了，弯下身子去缚带子，顺便扭转头朝后方看去，谁知一眼却看着黑长衫的下摆，近得几乎靠近她的屁股，她心中一惊，鼻尖上渗出汗水。在这种场合下，她不看也得看了，她顺着黑长衫一路看上去，却看见一张怒目而视、满脸胡子的黑面孔。

"有什么好看！认不得是不是？"那个人说话了。

青枫知道今夜事情有变，也许是碰到剥猪猡①的，甚至是敲竹杠的流氓或是绑票的强盗。她愈想愈可怕，于是立直身子，拔脚便很快地走着，又因为是高跟鞋，走也走不快，也很吃力，所以累得满身都是汗水。

她跨二三步，那个尾随的人只要跨一步便行了，因为他的身材高大，腿长，态度倒好像非常悠闲的样子。

这样一逃一追的局面，相持差不多有一刻多钟之后，远远看

───────────

① 旧时上海盗匪抢劫行人，并将受害人身上衣服也抢去，称为"剥猪猡"。

见马路边上还有一家卖夜点心的店开着，从屋内照出清白的日光灯的余辉来，她拼命地赶上前去，很快地跨进店门。那个跟随着的黑人却走过店门而去了，他面背着店，所以究竟是怎么样的一个人，还是看不清楚。

青枫坐在店里，好像是大海中碰到暴风雨的船只避进船坞一样地有了安慰，但她还是呆在那里，堂倌 ① 问了她三遍"小姐吃点什么？"她也听不见，直到堂倌大声问了时才知道，就含糊答道："随便什么。"

"随便什么？这叫我怎么知道呢？"堂倌说。

"就吃点茶吧。"

"茶没有了，小姐。"

正在这个时候，里面一间里的客人都吃好，在会账 ② 了，那个堂倌便走了进去。

青枫想，不如乘这批客人出来，一齐走吧。

等到那批人走出来，青枫一看的时候，内中却认识一个西装男人。她叫："哦，小林！"

"哦，青枫，你怎么在这儿？"小林说。

---

① 堂倌：亦作"堂官"，茶馆、酒店、饭馆、澡堂里服务者的旧称。
② 会账：在饭馆、酒馆、茶馆等处邂逅亲朋而代为付账。

“我今晚有点事情，一时话也说不尽……”

“你吃过东西吗？”

“没有。”

“那么吃了之后，我们一起走吧。”

“不，我不要吃东西。”

于是她和小林们一齐走了，走到门口，小林和那批朋友道了别，便陪同青枫一直在马路上走。于是青枫便将马路上碰到的事情告诉了小林。

正在他俩说话的时候，先前跟随着的那个黑衣衫的男人又出现了，但是只不过在面前一晃，便飞也似的走了，在黑暗的夜氛中消失了。

“小林，就是这个人，给他吓死了。”

“现在有我在这里，你还怕什么呢？”

这一天晚上，青枫由小林陪伴着，慢慢地走到热闹的地方，然后叫一辆出差汽车，一直送到青枫小姐的寓所，青枫千谢万谢地感激不尽。

这一夜的奇遇，总算平静了。

汽车上出毛病

第二天晚上，青枫还是得到摄影棚去拍片子，所拍的镜头，当然不是和昨天晚上一样的是肉感镜头了，她很顺利很高兴地拍完应拍的戏，她觉得自己的成绩并不错，导演先生也说她很好，老板则说为了她的处女作，愿意多花数万金圆宣传费，大肆捧场一番，使她一举成名。

她听了这些话，心里十分地高兴，眼前出现了她自己变成大明星后的倩影，每当她走到什么地方，身旁便围着许多影迷们，连得路也走不过去，然而想到这正在得意之时，突然又回想到昨晚被人盯梢的事，幸亏碰到小林，否则结局真不知如何哩。

今天，戏拍得很少，她的戏拍完之后，老板要走了，并且一定要约她出去玩。

看看手表，才只有九点三刻，老板说："时候还早，我们到百乐门舞厅①去坐一会儿吧。"也不由分说，一把便被老板拉上汽车。

---

① 百乐门舞厅：全称"百乐门大饭店舞厅"，旧上海著名的综合性娱乐场。

汽车是老板自己驾驶的，开得很慢，青枫坐在老板身旁，老板右手开车，左手就在青枫的肩上拍拍说："青枫小姐，你这部片子放映之后，一定是成名的，不知道你将怎样来感谢我，因为这完全是我一手提拔出来的。"

"我替公司赚一笔大钱，这便是我的礼物。"青枫说。

"这是公事，我说在私人方面如何感谢。"老板的手臂便抱住青枫的肩背了。

还没有等到青枫说话作答，只听得汽车后面的玻璃窗"砰"地一响，玻璃被人打碎了。

于是汽车立刻停下来，老板下车四处张望，只看见远远有一个人影向弄巷里钻了进去，即使要追赶也来不及了。

老板没可奈何，只得回到汽车边上，检查一下车子。车身完整无恙，只有后面窗子上一块玻璃打碎了，碎得很厉害，已经打得玻璃片纷纷落下，忙打开车门仔细查看，只见座位上落着玻璃片，别的一无所见，可见得打玻璃的人力气很大，他所用的工具一定是硬而坚的东西，但是不知究竟是谁干的。

"操，居然到老虎头上拍苍蝇！"老板也摸不着头脑，只在口中轻轻骂了一声，仍然请青枫上了车，车子慢慢地开去。

青枫觉得今天晚上的事，有点奇怪，怎么二夜来，接二连三地碰到这种尴尬的事情？她想到底今天晚上的事与昨天晚上的事有没有关系，只是一个人在呆想着，并不会把昨夜的事告诉给老板知道。

车子仍然在马路上走，到了比较热闹一点的地方，因为灯光明亮，只怕被人看见了难为情，老板的手臂从她的肩上移了下来，车子也开得快些了。

车子一直朝百乐门舞厅的方向开去，在一个转弯处，打斜里一辆汽车冲了出来，两部车子几乎相撞，还好两车的驾驶人都有本领，再加二辆都是好车子，彼此都硬刹住，发出轮子轧住刹车的怪音。两部车子内的人，都跌倒在沙发座上。

等到各自坐正，于是彼此都开始骂了起来："瞎了眼睛啦！找死！"

于是吵了嘴，彼此都下了车，警察也来了。

青枫小姐也下了车，一眼瞥见，那边开车的却是小林，不免叫了一声："小林，干吗呀？"

为了青枫和小林是互相认识的，所以这场纠纷也解脱了，大家向警察说了几句好话，警察也便认为无事。

青枫为老板和小林介绍，青枫看看小林车子里还有个女人，扮扮得十分妖艳，不声不响地坐在那里。青枫要小林介绍，小林说"不必"，抢着问："你们到哪里去？"

"到百乐门。"老板说。

"真巧得很，我们也是上百乐门，一路走。"小林说。

两辆汽车一齐在马路上开动，一齐到了百乐门。

等到坐定了，小林为青枫介绍："这位是我的女朋友杨雪瑛小姐，"又指着青枫说："这位是青枫小姐，是电影明星，听说不久便要大红大紫……"介绍未完，一阵笑声掩住了下文。

音乐声响，小林和杨雪瑛、老板和青枫两对儿在舞池里跳舞，青枫忽然觉得搁在老板肩上的左手掌里一动，好像有什么东西丢过来似的，用力一捏，捏到一团东西。

她也不及计较，只是捏着，心里老是忐忑不安，幸而灯光重明，各归原座，她才偷偷地拆开一看，原来是张纸条，上面写着几个铅笔字：

祝你前途无量！

青枫也不作声，只是呆呆地坐着想。

这时，音乐又响，小林请青枫去跳一支，杨雪瑛和老板去跳一支。

在小林和青枫跳舞的时候，小林轻轻地和青枫说："昨夜受惊，今天总平安无事吧。"

这一说却又使青枫回想起刚才汽车被打的事，于是她回答：

"几乎汽车上出毛病。"

小林一听这话，便接下去问："我看见你们老板的车子，后面一块玻璃碎了，什么缘故？"

于是青枫把刚才路上所遇的奇事说给小林听，小林说："在上海这种社会里真是防不胜防，最好不要得罪人，也许你们的老板平常得罪过什么人。"

青枫正想还要谈下去的时候，音乐停了，只得归到原位。

青枫对于那位杨雪瑛小姐的来历，尚未问仔细，心里十分不痛快，所以第二支音乐敲响的时候，她还要和小林跳一支。

在这一次舞中，青枫得知了小林新近认识了这位杨小姐，并且不久马上要想结婚。青枫告诉他，认识得不透，马上便结婚，那是一个很大的危险，然而小林只是笑笑，没有回答。

时间到了十一点钟的时候，舞厅要打烊，各自散去，临走时小林还对影片公司老板和青枫说："有空请到仙乐斯①去，我请客，等着我写信给你们吧。"

彼此分手之后，老板陪青枫，吃夜点，要车送她回家，但是青枫觉得老板的眼睛里好像藏着一种什么火焰似的，这火焰好像

---

① 仙乐斯：即"仙乐（Ciros）舞宫"，继百乐门舞厅之后旧上海出现的又一家豪华舞厅，由大亨维克多·沙逊创办。

要吞噬人，她觉得心中十分难过，于是拒绝了老板。

老板还再三地要到青枫寓所去，青枫后来没有办法只好干脆地说："我家里有母亲和弟弟，一切都不方便，请你改天再去吧，我事前准备起来。"

老板给她这样一说，似乎失望的样子，但终究是老板的身份，也不便多说，自己开着汽车走了。

影片公映以后

青枫所主演的这部片子，日夜加工赶拍以来，不到半个月便赶完了，马上在各戏院公映。因为广告费和宣传费的浩大，所以轰动了全市，观众人山人海，各张报纸对青枫的批评，一致公认是个新人才。于是青枫小姐的名气大振，差不多街头巷尾，妇孺皆知了。

有一天，因为闲来无事，她到大新公司 ① 去购买一点零星用

---

① 大新公司：旧上海最大的百货公司，由澳大利亚华侨蔡昌创办，与"先施""永安""新新"合称"四大公司"。

品，并且又有小林曾经约她在这一天下午到大光明①看《战地钟声》②的。

大新公司这天很挤，好像是在抢购一样，青枫也挤在人堆里，买了几条东西，预备走出去，刚好迎面碰到了小林，招呼之下，小林说他也想买点东西送送女朋友，但是大光明的第一场戏的时间差不多已到，所以不买想走了，于是他二人便一同走到大光明，票子是预先买好的，一到大光明便走了进去。

他俩坐在戏院里，广告灯片已经在映，离映正片还有一段时间，小林轻轻和她说："青枫，我俩好久没有一块玩了，是不是？"

"唔，实在是我太忙了，又要演话剧，又要拍电影。"青枫骄傲地说。

"总算今天有暇，我们两人可以一起看电影，我觉得我俩已往的温情又重新拾回来似的。"

"哎，不过人总有自己一个打算，譬如我投身于艺术，什么都不想了；譬如你，现在有了杨小姐，一定也很快乐。"

"对的，提起杨小姐，我倒忘了问你，我买点什么东西送她最好呢？你刚才买的什么？"

---

① 大光明：即大光明大戏院（Grand Thetre），今大光明电影院，位于南京西路 216 号。
②《战地钟声》（*For Whom the Bell Tolls*）：根据海明威小说《丧钟为谁而鸣》改编的电影。

"几双袜子……"

"可不可以给我当个参考？"

小林一面问，一面不等到青枫回答便将她的皮包抢了过来，打开一看，皮包里除了袜子和钞票等东西之外，还多了一张字条。

小林捡起那张字条，一看，上面写着：

你假使再和你的老板来往，你的性命有危，请自保重！

下面还画了一把手枪。

这一下，给予青枫一阵莫名其妙的打击，她想：我和老板是没有办法的事，只是不过应付应付面子而已，为何竟有这样的祸发生？

她呆着眼，瞧着小林，半天才说："小林，这张条子什么地方来的？"

"这才奇怪，你不是明明看见我从你的皮包里拿出来的吗？今天你去什么地方没有？"

青枫只是摇摇头，一句话也答不出来，其实她是不曾到别的地方去过，她心里在盘算为什么会惹出这种事情，这岂不是冤枉；何况这时正是她刚成名的时候，如此一来前途暗淡，心中不安已极，连得影片出现的是什么画面她也无心观看。

这时她想走，但是小林缠住她，说好久不在一起了，机会难得。待要走又不知走到哪里去。总算糊里糊涂把戏看完了，走出大门，人是和潮水一样地朝门外推，好像每一个人都拿着手枪逼住她，要谋杀她。她背心上轻轻渗出一点点汗珠，呼吸急促，她想离开这人多的地方，去躲在自己的房里痛哭。

小林抚着她出了大光明大门，替她喊了一辆三轮车送回家去，小林本来要用自己的汽车送她回去的，但是小林对她说："青枫，你还是一个人坐三轮车吧，假使我送你回去，也许再惹起那个写条子的人的嫉妒，不要连我的性命也送在他的手中。"

青枫坐在三轮车上，想来想去想不出这张条子是谁塞到她的皮包里去的，到底写条子的人是男人还是女人？难道老板有另外的女人，那个女人误会我和他在一起有暧昧情事而出此恐吓手段？她左思右想都不得其解。

这时她倒反而讨厌起自己的名誉起来了，也许不成名不会有这种事情发生。她再想，难道是我的男朋友们干的？但是我从来没有一个正式的男朋友，都是他们自己找上来的。于是她又想到小林的话，小林曾经批评过老板，汽车给人打碎玻璃是一定得罪过人，但是我没有得罪过谁呀？也许有的，那些男人，我不理他们的男人！世界上的男人为什么这样自私呢？

车子到家了，她下得车来，仔细朝前后左右看看，到底有没有人拿着手枪在等着她。

她一走进屋子，好像听见屋子里有人在说话，但仔细一看之后，却一点东西也没有。现在房子里只有她一个人，多危险，万一有一个人闯进屋子里来，不要用手枪也可以把她谋死，谋死了她再逃出去，人不知鬼不觉，这多可怕！

这几天，不见客，也不出门，新闻记者来，哪怕是再熟悉一些的也不见，只是推说身体有病。可恶许多记者又把假装害病的消息也登在报上，真讨厌！万一那个拿谋死我的人冒充新闻记者来，那多危险！

从此以后，青枫发狂也似的生活着，人也憔悴了，饭也吃不下，什么地方也不想去，只有小林来还有一点兴趣，因为只有小林知道她这件事情，会安慰她，解劝她，其他的人只当她真的在害病。

有一天，房中寂静得很，她无意中在报纸上看到一个女侦探黄雪薇破了一件谋杀案子，这是一个启示！她想到女侦探，尤其是同性，女人对女人总特别关切，她想找她，但是不知黄雪薇住在什么地方。

她再看报，仔细研究一番，不免笑了起来，她说："打一个电话给警察局叶志雄不行了吗？报上不是明明登着叶志雄夫妇吗？"

于是她打了一个电话到叶志雄那个分局，当然叶志雄接到了那个电话。经过一番诉说之后，叶志雄答应马上派车来接。

等到青枫小姐打扮齐整的时候，叶志雄和黄雪薇的车子已经在门口揿着喇叭了。

青枫赶快下楼，和黄雪薇相见了，但是黄雪薇只使了一个眼色，轻轻说："你不要开口！"

叶志雄穿着便装，站在车门旁让青枫和雪薇上车，然后自己驾驶了车子，一径开到他们的家去，并不到警察局。

进了客房之后，叶志雄把窗帘都下了，扭亮了电灯，大家才坐下来，叶志雄说："我一接到你的电话便来的。——我看像什么地方看见过你似的……"

"大约是在《明月清风》那部片子上看见的吧？"青枫说。

"是是，一点也不错，那么你是青枫小姐了！青枫小姐能够驾临舍间真是幸运得很。"一面笑，一面叫女用人快预备酒菜喝酒。

"我喝不下……"青枫说。

"不要客气，到我这儿来，你尽管放心好了，切不要多去计较，有事我包办。"黄雪薇说，为她递香烟，又说，"青枫小姐，你有什么难问题要找我们呢？"

"事情多得很，也复杂得很，说来话很长。"

"那么请你从头至尾说吧，如果容易办的马上替你办。"黄雪薇说。

这时酒和菜已经来了。他们一面喝酒，一面谈。青枫从那天拍肉感镜头之夜的奇遇说起，再说第二天晚上的打汽车，最后说到纸条子的警告，觉得一个女子没有人保护，生命就很危险。

"好，我当你的生命保护人好了，"雪薇说着又笑了，"这没有什么，只管放心，任何人杀不了你，且请喝酒。"

等到酒至数巡，黄雪薇正式地说："青枫小姐，你千万不要说出到侦探那里去过，无论什么人问起我们是什么人，你只说是你的好朋友好了，假使有约会，我们也可以参加，我正去看看你亲近的几个人物。"

青枫点头称是。

黄雪薇再接下去说："关于你这件案子，原因是非常清楚的，完全是为了爱情。你以前一定有许多男朋友，因为你为人忠厚，对待男朋友，好像每个都很亲近，每个都很热情，须知男人这东西，你只要待他们一点点好，他们便会估计到一百倍的重。他们以为你爱他们每一个人，谁知你却对每个人都一样，都没有爱，所以这一点也是给你的一个教训，以后对男人须要特别留心。

"不过这件案子中有几点是特别应该研究的：这种事情，发生在你成名以后。当然你拍片时以及成名以后，对他们一个个地疏远了，这是人情之常。打到另一圈子里去，自然对那个圈子的人来得亲近，所以人家对你不了解，以为是负义。在负义当中，还带有一点忘恩，不过这个恩是由男人单方面的主观，不知道以前你没有成名时，有谁帮助过你没有？"

"我完全是自己努力出来的，没有谁帮助过我。"青枫说。

"帮助两字的意义很广，譬如他借给你钱是帮助，他替你介绍什么工作是帮助，为你牺牲了什么也算是……"

"绝对没有！"青枫斩钉截铁地说。

"那留在后面再说吧。这件案子中，还有可疑之处。第一天晚上，跟随你的人，紧紧不放，路上又不加凶暴行动，其实那天晚上要你死也很容易，可见他不会要你的性命，一定须要你的另外的东西，不是爱情便是身体。最奇怪的是小林这一个人物，他既然是汽车阶级的人，为什么那天晚上他不坐汽车，坐在那样小的一个馆子里吃东西，好像专门在等你进去似的。

"第二天晚上，那个打汽车的人，也许便是上一夜跟踪的那个人，因为汽车玻璃很坚固，普通的东西不易打碎，如果是石头打，玻璃既破碎了，那块石头一定有留在车中的可能，所以我相信他一定是用一条铁棒或是铁锤打的。你们把汽车开到百乐门去，在转弯地方会撞到小林的汽车，也是非常凑巧的事。我问你，你们这个老板每次去跳舞差不多总是在百乐门吗？"

"这我不知道。"

"要知道也很容易，你去打一个电话约老板跳舞，且看他说到什么舞厅。"

青枫真的去拨了一个电话，打通了，接到的回电果是到百乐门。

于是黄雪薇接着说："这很容易明白，小林知道他一定陪你到百乐门，所以几乎是等在那个转弯角上的。至于那打汽车，并不是要打死你们，只是一个报复和警告罢了。你说怎么样？"

"我和小林没有什么过不去，并且我对小林是比较感情好一点的。"青枫说。

"我想事情就坏在这感情好一点上面，所以他认为你已经被人抢去了。有了两次的相遇，并且这两次都是使你感激他的，第一次他救了你的急，第二次他为你少了许多麻烦。有了这二次的感情，使你对他更感到好感，所以他约你看电影，他只道你一定会去，所以在相当的时候，他便跟随你的踪迹，一直到大新公司你便碰到他了。"

"他买票子什么时候买呢？"青枫问。

"你们一定坐在楼上，楼上票子隔天也好买。他和你一起走进戏院，故意想办法打开你的皮包，那张条子便是这个时候放进去的。"

"他为什么这样对待我呢？"

"我早就说过，他想要你的爱情或者身体……"黄雪薇肯定地说。

"他告诉我他快要和杨小姐结婚了。"青枫说。

"结婚?"黄雪薇自语着。

这时青枫再告诉她小林和杨小姐打得火热，每天同出同进，时常送礼物给她，大约再过三个月便要结婚。

于是黄雪薇说："要结婚，那么案情又比较复杂一些了。不过，青枫小姐你不必着急，只要我侦查一下跟踪的那个黑衣人是谁，再和小林与杨小姐大家玩一夜，那时我再为你解决这件案子。总之，你的性命尽管放心，一切都由我担保。"

青枫要辞别，黄雪薇夫妇也不留她，只是关照她："凡是有比较人多一点的约会便打电话给我们，最好是跳舞会。"

水落石出

为了青枫的这件小案子，叶志雄夫妇也曾经略略研究过一下，志雄说："听你和青枫的分析，我也非常同意，现在唯一办法，只要看一看那个杨小姐和追一追那个黑衣汉了。我觉得这里有一个很重要的疑点在，我总觉得奇怪，小林对于青枫的消息非常快，他的情报很好，所以我想这个黑衣人非但是跟踪恐吓，恐怕连情报也在他的身上传出，我这个猜测如何？"

黄雪薇听了很高兴，若有所得的样子说："明天晚上你到他们摄影棚的门口预先埋伏，我打电话约青枫叫他们的老板跳舞，再约小林一同去，我想明晚可以破案了。"

夫妇两人很高兴地吃过晚饭，再去看了一场电影，回来时已是十一点了。

第二天下午，黄雪薇打一个电话给青枫，叫她今晚假装身体不舒服，九点钟便卸装，约老板出去跳舞，并约小林和杨小姐，今天便可破案。

电话打通以后，叶志雄便在预备手枪，黄雪薇也在皮箱里找件时新的旗袍叫娘姨去烫，看见丈夫在弄枪，问："用这东西做什么？"

"那家伙气力大，不得不防。"

晚饭吃过之后，叶志雄先出发了，九点钟不到，已经在摄影棚的附近埋伏好了。

到九点多一点，只看见青枫走了出来，走进老板的汽车，老板汽车慢慢地开走。

忽然，黑暗处闪出一个人来，叶志雄赶上两步，轻轻叫一声："喂，林先生有话叫我告诉你。"

那个黑家伙果然停住了，志雄走上去，说："林先生说事情今天晚上已经解决，你很辛苦，明天到他家去拿钱。"

叶志雄说过便一直朝前走，偶尔回头看看，那个黑衣人不见了，于是他雇了一辆车子叫立刻开到百乐门。

到了百乐门的时候，小林、杨小姐、青枫和她的老板都已经在了。他立在门口等了一歇，黄雪薇也到，说了刚才的情形，两人手挽手地进了场子，故意在青枫面前走过，不免叫着："青枫小姐，多天不见了，报上看见你的消息，真想来看你，真是运气好，今天碰着你了。"

青枫立起来，一一为他们介绍，大家坐在一起。

音乐奏响了，黄雪薇要求和青枫先舞一曲，在跳舞的时候告诉她，那个黑衣人是他们摄影棚里的茶房①。这时青枫才觉得非常奇怪起来，连忙问："你怎么知道？"

雪薇说："我们觉得小林的情报非常正确，才想到一定是你们摄影棚里的人送情报，后来又猜想到做情报和跟踪是一个人，他打汽车用的是你们钉布景用的铁锤，现在经叶先生去打听，果然跟踪的人是你们的茶房，那么其他一切的事都符合我们的想象了。"

---

① 茶房：旧时在茶馆、旅馆、车船、剧场等公共场所供应茶水及做杂务的工人。

这时音乐完毕，归座时，杨小姐、老板不大讲话，只有志雄在和小林东拉西扯。

不到数分钟，音乐又起，黄雪薇请杨小姐同舞一曲，在未跳前，黄雪薇说："杨小姐请指教，我跳不来的。"

雪薇故意装着非常生硬的步子，有时步子也跳错了，然而杨小姐却横迎竖送，一切都依顺雪薇，于是雪薇轻轻地问杨小姐："杨小姐，你在哪一个舞场做啊？"

杨雪瑛呆了一呆，结果没有办法，只好说明是在"米高美"舞场①，每日和小林混在一起。

雪薇再问她："小林说，过三个月后要和你结婚了。"

突然，杨小姐兴奋起来说："他什么时候说要和我结婚？他不是有女朋友吗？不是说最近要订婚吗？"

雪薇点点头，敷衍两句，一曲又罢。

雪薇对志雄把刚才和雪瑛的话说了一遍，两人点头示意，等到音乐再响的时候，黄雪薇请小林同舞。

黄雪薇说："青枫小姐马上要和那位叶先生结婚，他是警察局的侦探，关于你所做的一切事情，我们已经非常明白，你为什

---

① 米高美舞厅也是旧上海知名舞厅之一。

么要采取这种精神报复的手段向她恐吓？我现在站在法律的立场，先规劝你从此以后改过，切不乱动，如果以后青枫小姐有什么意外，唯你是问。我希望你这一曲跳好之后，立刻带同那个米高美舞厅的舞女离此地，临走前一语不能多说，否则拘局严办。"

那边一对叶志雄和青枫小姐，正舞得兴浓，一面舞，一面交谈："青枫小姐，我总相信你以前一定借过姓林的什么东西，钱或者首饰，请你详细告诉我吧。"

青枫觉得很不好意思，她说："我以前演话剧的时候，他每次替我捧场，在我经济拮据的时候，曾经受过他一次接济，后来我连利息都算还给他的，但是他不肯收去，叫我也没有办法，这笔账一直拖到现在……"

"让他去吧。"志雄说。

这时，两对儿刚好跳在一起，黄雪薇和叶志雄打了一个招呼，互相笑一笑，彼此说着"OK"。不待说完，灯火齐明，掌声大起，一曲又完了。

归到座位之后，小林拉着杨雪瑛便走，大家都不知道什么意思，只有叶黄夫妇两人暗暗地笑着。

到了十一点多钟，影片公司老板付了账，叶志雄叫他开着汽车回去，交代他"青枫小姐今晚到我家去住一夜"。

真的黄雪薇留青枫小住，于是叶志雄调皮地说："青枫小姐，以后我是你的保护人了！"

全房里起着笑声，突然青枫想到一个问题："小林和那个杨小姐为什么打得这样火热？"

"他这人很可笑，他以为你进了影片公司便爱上老板，想在恐吓手段中和你亲近。你对他还不坏，他以为你重言旧好，于是想利用杨雪瑛这一个舞女引起你的嫉妒，然后和他结婚。"

到这时，青枫才明白杨小姐是个舞女。

怪 信

　　第卅三区警察分局的长官和员警们，最近一个礼拜来闹得头昏脑涨，原因是为了管辖区域内出了一次大抢案，迄今尚未破获，非但破案没有希望，并且连线索都得不到一点。分局长饬令股长赶紧破案，股长又转令股员快办，股员们又限令便衣警士们从速探出路线来，犹如《水浒传》中晁盖等人在黄泥冈劫了蔡太师的生辰纲，济州府尹责令三都缉捕使臣何涛一样。

　　原来这件抢案是这样的：

　　紫阳路是一条冷冷静静的马路，两旁种植着法国梧桐，风景美丽，柏油路面上干干净净，因为这里是标准的住宅区。一到晚饭后，便很少有行人来往，只有几个公馆里的男女仆人进出，也许是饭后购买一点水果，买听把香烟，或则送客之前出来雇几辆三轮车。一到十点左右，便寂静得如内地的小城市，偶或有一辆汽车驶过，发着轻快的微声。

这里住着一家姓陆的富户，他叫陆瑞林，是经营西药的，因为近年来善于经营，所以出品精良，生意兴隆，很赚了一笔钱，家境较前更为富裕。家中有太太，有一个儿子，一个男用人，一个女仆，还有一个汽车夫。

他的太太是一个四十多岁的贤慧妇人，十足贤妻良母的典型，曾受过相当教育，据说是什么师范学校毕业的。她整天在家里为儿子准备点心和打发上学之外，只是看看书报消磨时间。也许她的生活自以为是非常有希望的，一方面服侍丈夫，因为丈夫在外张罗，可以发更多的财；一方面看着儿子一天天地长大起来，前途正未可限量。现在这个儿子已经有十三四岁，正在读初中二年级，将来接读高中，进大学，出国深造，学成回国，可以做官，即使不去做官，也可以继承父亲的产业和事业。

他的儿子叫陆学美，意思是将来和美国人一样有用场。他每天上学之外，不大出去，只是自己温习功课，所以成绩考得很好，学校当局曾经自动赠给他奖学金，但是陆学美不肯接受，把这笔钱转赠给家境清寒的学生。陆学美在假期和星期日也偶尔跟父亲出去看看电影。

说到这两个用人，男的有四十多岁，女的也有卅四五了，都是十数年来的老用人，没有什么阶级之分，几乎老用人们叫陆学美的名字主人也不会生气，简直和自己家里人一样了。

那个汽车夫，年纪大约廿七八，是新近雇来的，因为车子也是新换的，以前的那辆汽车已经卖去，那个老车夫也因为乡下老母年迈力衰，身体不好，叫儿子回乡，开一爿小商店，可以一家团聚，所以便辞歇了。

陆家平日交际广阔，所以客人来去频繁，但是空气却非常融乐。家中连用人、车夫一起计算起来，只不过六个人；可是住在那样大的一座房子里，有时似乎觉得阴气沉沉。这是一座半旧的中国式的房子，共计三层，楼下一层是没有人住的，男用人和汽车夫住在大门口的门房里，女用人住在二楼的亭子间里，儿子住在二楼的厢房里，前楼就是陆瑞林夫妇的卧室，所以三楼是完全空着的，不过堆些不大用的家具衣箱等物而已。从大门口到正房的门口，有一个很大的天井，汽车就停在天井的廊下。

有一天——阴历十二月十四日，离过年的日子已近了。那天晚上陆瑞林恰巧没有什么事，坐着汽车回家，那时不过只有五点钟光景，他一走进客堂就坐在沙发上。今天天气严寒，火炉正生得很热，他一面烤着火，一面喝热茶，预备休息一下等吃晚饭。

这时，那个汽车夫走进来，支支吾吾地对陆瑞林说："老爷……"

"什么事？"瑞林问。

"……"说不下去。

"快说，有什么吞吐的！"

"我想请假回去一趟，今天晚上不回来了，明天老爷早上出去，我赶回来开车子。"

"好吧！"

于是汽车夫转了一个身，一溜烟就跑了。陆瑞林当然不会去计较这些小事情，仍然呼他茶，抽他的雪茄。过一会儿便开饭了。他今天很高兴，因为药品的门售价格又涨了，他本来想把大批的药品抛出，弄几个钱过年，可是他一转念之间，想到黄金涨价，不妨抛去一条，过年一切开支全有，哪知道一耽搁，反而好了，现在药品涨，与自己有很大益处，所以今天晚饭特别吃得有兴，单单只酒一门，已经喝了一瓶了。平时，喝半瓶已经有点醉态，今天喝多一倍，自然比平日更醉，躺在沙发上睡觉。因为房间里暖和，家人也不打算去叫他回房去，只让他安安稳稳在客堂里睡一会儿。一直到十点钟的时候，家里人服侍了陆瑞林回房后，才也各自回房安息，这时已经将近午夜十一点了。

外面很静，一点声音也没有，只听见西北风吹响电灯线的呼呼声，情景颇为凄凉。那个门房——男用人——睡在门房里，直睡不着，因为窗子玻璃那天不小心打破一块，还来不及修配，只用一张旧报纸贴上，暂充玻璃，但是贴得不牢，被大风一吹，糨糊脱落，所以那张纸一半贴在窗上，被风吹得索索响，但是天气太冷，又不愿起来重贴。风从窗洞吹进来，没办法只得把头蒙在被窝里睡。刚刚把头钻进去，忽然听得马路上开过来一辆汽车，他想外面已经戒严了，还有什么汽车行走，刚想完，那辆汽车就在大门前停下了，只听得刹车声，开车门声，人下车声，接着便是打门声："开开门！"

这时那个男用人，觉得非常奇怪，这时候还有什么客来，他把头从被窝里伸了出来，随便问一声："谁呀？"

"我！"有人接应了，于是他再问是来干什么的，只听得门外暴躁的声音回答，"我们是警察局来调查的，你家老爷陆瑞林在家吗？"

男用人更觉得奇怪，警察局半夜三更来调查，不知什么事，同时他也回想起来，蒋经国在上海的时候，他家老爷曾经把一箱箱的东西躲躲藏藏的，要不是今天案子发了？于是他回答："我们老爷不在家。"

谁知道门外的声音冒了火，大声说："放屁，陆瑞林约我们今晚十一点到他家来的，你不怕犯法，你有本事不开门！快！快！"

这时，男用人没有办法，既然警察局有公事，只得坐起身来，把棉袍子披在背上，扭亮电灯，找到鞋子，穿上了，下了床，连忙去开了门。门一开冲进了两个人，都是便装的，戴着罗宋帽，把帽檐都拉下了，只脱出二个眼珠。这时他觉得事情似乎不大好，正想声张的时候，那二个人已经从袖管里拿出手枪指住他，命令他不准作声，否则一枪换送性命。在这种情形下，这个男用人毫无办法，只得随他俩摆布。那二个自称警察局来的人命令他陪到房里去，于是男用人带着他俩走进客堂。

男用人说："两位请坐吧，我去请老爷下来。"

"用不着，我问你，楼下有人住没有？"

"没有。"

"陪上楼！"

他们三人轻轻地上楼，到了亭子间的门前，轻轻问男用人亭子间是谁住的，他回说是女用人住的，那两个人便命令他进去，门一推，关着；里面娘姨问是谁，那二个人是用手枪指一指，表示叫男用人说"是我"，于是男用人真的说一句："是我，你开门，有要紧事。"

门开了，她看见外面的情形，不禁叫了一声。这二个人马上把枪指住她，叫她不准讲话，于是把二个男女用人一齐送进亭子间去，一个强盗看守着，另一个强盗则预备到别个房间里去。

刚在这时，因为陆瑞林的太太在房里服侍丈夫，尚未入睡，听到亭子间里娘姨惊叫，不知出了什么事，正开门来查看，另一个强盗立刻跳在她身后，用手枪指住她背心，轻轻关照她不要作声，赶快到亭子间去，把她也一道关进。

这个强盗又探到陆学美的房去，把陆学美也用同样方法押入亭子间。然后，他一个人走进了陆瑞林的卧房，看看陆瑞林，还睡在床上。他听见有人走进来，醉态蒙眬地还以为是自己的太太进房来了，他闭着眼问："你还没有睡吗？天冷，好睡了！"

"请你起来！"强盗用手枪指住陆瑞林的鼻。

陆瑞林只觉得鼻尖上一阵冰冷，睁眼一看，是支手枪，床前站着一个戴罗宋帽的人，心里知道是出了毛病了，也不敢声张，知道声张也没有用，只得用小小心心的口气说："你既然深夜冒险到我家来了，我也很大方，你要什么，你自己拿什么，我绝对不会肉痛、小气，请问你们来了几位？"

"少说废话，把老大拿出来。快，我们还要走路。"

陆瑞林想想没有办法了，只得用嘴指一指那只箱子。那个强盗立刻退到箱子边，把锁扭断，开开盖子，里面藏着二十条大条子，用一块绸手帕包着。那个强盗顺手把小包一提，谁知绸手帕吃不起二百两金子重量，嘶一声拉破了。强盗心慌，凑手在小桌上拉过那台布毯来，台上的花瓶跟着倒下，滚下地板来。他把台布将金子包好，掮在肩上，很敏捷地便退出房来，同时也把陆瑞林押入亭子间，找个锁，把亭子间的门锁上，然后匆匆下楼，扬长而去。

陆瑞林夫妇、儿子、男女用人，共计五人，被关在亭子间里，心既安静不下来，又不能走出房门去打电话报告警察局。十二月的天气，到后半夜格外的寒冷，再加大家腹中又饥，更是熬不住。

娘姨把自己的床让出来给老爷太太睡，但是他俩夫妇因为心绪不宁躺在床上也睡不着。那个男用人因为开大门的时候，衣服只披在身上的，现在虽已经穿上，可是棉裤不曾穿，冷得只是抖颤。幸亏这一间小屋子里关着五个人，有一点人气，还不像室外那样的滴水成冰，否则今夜真要冻死他们。

天快要亮的时候，大家实在疲倦得要命，陆瑞林夫妇也入睡了，陆学美侧卧在他父亲身旁，娘姨坐在床边的方凳上打盹，那个男用人，把身体歪倒在地板上，头斜倚着墙壁，睡得比谁都来得浓。

天亮了，汽车夫很早便赶了来，一看大门已经开着，心里一急，他立刻直朝房子里面跑，客堂、厨房一切如常，只是少了厨房里的娘姨和男用人。因为平时老爷太太少爷这样早不会起来，他又一步步往楼梯上爬，只听得楼梯上发出走路的声音。

在房里的人听见有人走动，不免心里又是一惊，他们还以为强盗还不曾出门，忽又听得门外有声音在大叫："人呢？怎么一个人也没有！"

他们下意识地发着抖颤，但仔细一看，窗外已经透进了初升的阳光。男用人倏地立了起来，扭熄了电灯，才知天已亮了，再听门外的叫喊声，才辨出是汽车夫的声音，于是他也大声地叫："阿二，快点想法子开门！"

"出了什么事啦？"汽车夫在门外问。

"不管什么事，先把门开起来再说。"醒回来的老爷说。

汽车夫用了死劲，把门上的小锁扭断了，把门推了进来一看，有五人之多，于是不禁呆着说："原来这许多人都在亭子间里，我还以为阿陈（男用人）躲在阿香（女用人）房里那个啦！"

"少说废话了，快去报告警察局，我们家里昨天晚上被强盗抢劫了。"

阿二"啊"了一声，拼命地往警察局去。

家里老爷太太少爷在房里检查东西什物，娘姨到厨房里去生炉子、烧洗脸水、煮早饭，男用人到室外检查。

陆瑞林夫妇和陆学美三人检查一过，别的东西一无损失，只是昨晚被强盗抢去的二十根条子和一块台布，再仔细地检查一下，摆在桌上的一个古式花瓶和挂在墙上的一幅名贵油画不见了。陆瑞林觉得非常奇怪，别的值钱的金银器皿不拿，偏把这两样不大值钱的装饰品拿去，实在莫名其妙。

门外传来汽车声和警笛声，陆瑞林知道是警察局的人来了，便匆匆下楼，在客堂里会到了他们，连忙请他们坐下，抽烟、吃茶。略为坐了一会儿之后，警察局派来的人员，一五一十地问了一遍，陆家全家都供了一套，除了汽车夫因为昨晚请假回家，不在场之外，其余诸人的供词大略相同，一一作了笔录。问讯工作完毕之后，便要求到室内室外去查看一周。但是查看的结果，一无所得，又因昨夜天寒地冻，泥土又干燥，一点痕迹也没有留下。

那辆汽车仍然停在天井的廊下，强盗坐来的那辆汽车，也仍然停在门口，那辆汽车是一辆白牌子的出差汽车，警探们把汽车的号码抄下，马上又打一个电话给汽车公司。据汽车公司的负责人在电话中回答说："昨夜十点钟光景，有三个穿西装的人，来雇汽车到紫阳路去，开到快近目的地时，有一个乘客突然拿出手枪指住司机，叫他不准动弹，举起手来，然后用棉花塞住他的口，缚牢双手，放他下车，车子便由他们三人驾驶而去。汽车夫逃了回来，说汽车不知何处去，现在既然找到，真是感激不尽。"

由于这一点证明，匪徒们是完全徒步而行的，但是时在戒严期内，又何从而走？这几个警察局里来的人，都十分奇怪起来，立刻到派出所去查问昨夜是哪几个弟兄值班巡逻，结果仍无所得。当天一时查不出什么线索出来，只好回到分局存案。局长下了一个手谕，在本区于宵禁时间发生抢案，真是岂有此理，除了处分那个派出所的所长和值班弟兄外，命令从速办完这件案子。公事是非常紧急的，承办员只好又转令许多便衣警士速即办理，否则同受处分，既要革职又失面子，实在闹得上下不安。

在他们实在没有办法着手之际，偶然有一个人想到不妨到总局去请叶志雄来商量一下，因为叶志雄自从办了"红皮鞋"和南市"狐火"两案之后，几乎没有一个分局不知道他的大名，现在经人一提，于是大家赞同，马上打一个电话给总局，找到叶志雄通了电话，叶志雄答应吃了中饭一定赶到。

叶志雄回家，匆匆地吃了中饭，吃饭时曾和他太太黄雪薇谈了一谈要出去探案的事，黄雪薇听了，心中一喜，也想一同跟去，经叶志雄拒绝之后，才不去，因为叶志雄说，今天去不过先去看看情形，等到回来再讨论也不迟，黄雪薇也就不去了。

叶志雄驾车到了卅三区警察分局，下得车来，已有许多人等着，在会客室里互相寒暄一阵，便到局长室去和局长打了一个招呼。局长也希望将那件案子破案，否则对于考绩大有关系。

叶志雄和局长略略谈了一阵，又走出来和承办这件案子的许多人商谈，先要求把已往的经过一一叫他们说来，那些人把这件抢案前后说了一遍，叶志雄点点头，接着就说："我想也不必到陆家去了，反正没有什么痕迹留下来，不过我倒要去看看陆家房子周围的环境。"

他们便开了车子走了，到了陆家附近，从那辆出差汽车停过的地方看起（这时那辆汽车已经由汽车公司开回去了），一直朝大路走去，也看不出什么痕迹来。叶志雄想，他们抢了黄金之后，不坐汽车逃走，黄包车、三轮车又雇不到，一定是骑自由车逃跑的，然而自由车在马路上跑，并且还是三架，很令人注目，容易被站岗的警察看到。然而据派出所的值班警察说的却不曾看见有脚踏车过去，这又像是徒步逃走的了。假使是徒步走的话，三个人（汽车公司说三个人）可能分散了跑，可以避过警察的耳目，并且所经的路线也一定是小弄小巷，但是三个人可能再在一个什么地方相聚，夜已深，绝对逃不多远，只怕被警察撞见了查出根蒂，夜既深，但离天亮尚早，这里寒冷的夜气，如何能在小巷里挨得下去，一定得找个地方休息半夜，待天明了再走。假定是如此，他们休息的地方势必就在附近的小巷里某一幢房子，为今之计，无论如何得先查出住在哪一条小弄里和哪一间房子里。

于是叶志雄便对他们说："这件案子，一点线索都找不到，确实难以下手，不过我得要你们麻烦一点，请你们分头向各条小弄里找找看，或许他们心急慌忙，会留下一点形迹也未可知。"

叶志雄说了之后，他们便分头去找，每一个人都仔仔细细地看，甚至垃圾桶里也去检查。差不多查了三个钟头光景，有一个警员，突然在一只垃圾桶里捡到一块破的绸巾，他认为这块绸巾很可疑，因为那样干净而偏把它丢在垃圾桶里岂不可惜，于是拿着来报告叶志雄。

叶志雄一回想，强盗包条子的时候，不是先用绸巾包的吗？因为绸巾破了然后再换台布，便仔细地看一看那块绸巾，那两条裂缝，好像是受过重力之后才裂开的样子，他更加地相信自己的假定起来。现在要证明自己的假定是事实，唯一的方法，只有到陆家去一趟。

他们一齐到陆家，陆瑞林今天也不愿出去做生意了，他看见警察局的人第二次重来，好像有所希望，他的希望并不是一定要追回那二十条黄金，而是想早一点把几个强盗捉住。他迎上前去，便没头没脑心急地问："先生，有什么眉目吗？"

"现在有一样东西要请你认一认。"

叶志雄说完了，马上把那块绸巾掏出去。陆瑞林一看，便惊叫起来："这是哪里找到的？正是包金子用的绸巾！"

叶志雄眉毛一皱，牙齿咬一咬嘴唇皮，用尽脑力地在那里想，许多人都跟着他沉默下来，一点声音也没有。想了半天，志雄忽然说："请你们帮我忙，去打听哪条弄堂里谁家今天早晨有人搬家的没有。"许多便衣警士听了这一命令，立刻分头去办，因为这批包打听都有弟兄，关于哪一条弄堂有人行动，是不难探到的。

许多包打听出发了之后，叶志雄和几个承办人一起先回局里来，专等他们的报告。这时叶志雄只有一个人，做事没有什么商量，心里倒不安起来，因为这件案子实在太没有线路^①了。万一打

---

① 线路：消息、线索。

听不出人家搬场①，那怎么办呢？即使打听到了，究竟是否强盗搬家呢？即使是强盗逃走，他们又逃到什么地方去躲起来呢？万一是外埠来的强盗带着金子走了，又到哪里去追呢？问题越想越多，更加地心烦起来，局长和他谈天，不过敷衍而已，把心思一股劲地花在问题上。

晚饭过后，那批便衣警士回来了。据各方的报告归纳起来，离陆家有二里远的地方有一家搬场，离一里半路的有一家，离开很近的有一家，连得名字姓氏都开列名单，并载明男女性别、年龄籍贯。内中有一里半的那一家，计四口，三男一女，三男年龄相差无几，姓氏均不同，很引起叶志雄的怀疑，因为他觉得既非机关宿舍，又非社团，男女混居，虽不能一时便决定为匪徒，至少是应该加以考虑的；至于其他两家，则系住家无疑，既有相同的姓氏，且有孩子，所以也不多加追究了。

叶志雄决定要到那家房子去查看一下，因为临行匆促，或者留得什么线索也靠不住。于是他们出发，在黑暗的弄堂里转弯抹角找到了那家人家。

那个房东姓张，只有一间房子多余，据他的供词，说是去年

———————————

① 搬场：迁居。

九月里便有夫妇二人来住，男的听说是教书的，女的在家，也认识字，时常替人家抄写抄写，那些要抄写的东西，都是丈夫带回来的。到今年十月底，便有二个男人来，据那夫妇二人说，是他们的朋友，因为一时找不到住所，暂时住在这里。结果又说到昨天晚上的事，家里只有一个女人住，三个男人都出去了，后来到二点钟光景，三个男人才回来，他们只是轻声谈话，一夜未睡，到了天亮的时候，便搬走了。

叶志雄问他搬场的事在事先曾经谈起过没有，房东说，在一个月之前已经说过要搬了，昨天早上也说，房子已经租到，明天一早便要搬，搬完了还要到学校去上课，所以也不去多问。

"他在哪一个学校教书？"叶志雄问。

"那倒不知道，只是听说在一个中学里教书。"张房东答。

现在，一切真相都已明白，今晨搬走的几个人，一定是匪徒无疑；但是不知究竟搬到何处去，颇成问题，或是留沪，或是离开上海，一时难以决定，所以叶志雄便到他们的房里去查看一下。

叶志雄带着手电筒走进房间，扭亮了电灯，因为电灯的光头不足，所以显出非常幽黑。房中许多粗重家具都没有搬走，只是位置颇为零乱，一定是临行急促，乱弄乱摆之故。至于那块从垃圾桶里发现的绸巾，一定是他们走后，走出相当路之后才丢了的，因为那个垃圾桶离此很远。

叶志雄在房里仔细地寻找，忽然在门后角落里找到一个纸团，他拆开一看，还有一点血迹，仔细一看，原来血迹还不十分陈旧，大约是昨夜搬东西时破了手指，顺便用这张小纸拭血，也顺便朝门后一丢。

纸上写着许多字，叶志雄一看之下，不免吃了一惊，眉头紧锁，一看便知道他已经碰到极大的困难了。

大家都围拢去看，却也一字不识，不知所以。

原来那张纸上写着：

上海电：6GS

北平电：1G

上海播音：5

柏林电：BAN

上海播音：52（4）23[1001]

柏林电：Ü

伦敦电：Minday

大家看得莫名其妙，视线都从纸上转移到叶志雄的脸上去，只见叶志雄的脸上呈现着痛苦的样子。他不声不响地看了半个光景，然后向大家点头，这可能是一张强盗们的密码，需要回家仔细研究一下，但是事在危急，必须当夜就要把这张电码译出，否则无法捕住这些强盗，并且由这张密码看来，这些强盗倒与众不同，颇有一点技巧。

叶志雄辞别分局这批人，自己驾车回家。到家时，他的太太黄雪薇正坐在房里等他，一方面在翻阅《大众夜报》①，一看见叶志雄回来，便迎上去问："那件案子有点线索吗？"

叶志雄脱了外套，把那张密码交给黄雪薇，自己便燃点起一支香烟，拼命地抽吸，竭力地在思索。

黄雪薇看了之后，也不知所以，诧异地问着："这是什么意思呀？"

"这就是今天探案的结果，谁也不知道他们的密码，无论如何，今天晚上我们二人不能睡觉，一定得把这张字条研究出来……"

于是两个人的研究工作开始！

字条上有数目字，有外国字和外国字母，最重要的是这些东西一定是强盗们自己的暗语。第一步翻译工作，先从几个外国字

_____

① 《大英夜报》：1938 年 7 月 1 日在上海创刊，系国民党在上海"孤岛"时期出版的挂洋商招牌的报纸，发行人为英侨孙特司·裴士和拿门·鲍纳。1946 年 8 月 1 日起，更名为《大众夜报》。

中着手，立刻查英文字典，查来查去也查不出这几个字的关系来，可见得这几个字不是英文，再查法国德国字典，也得不出相当的结果，于是又放弃了，他俩想字的意义上，绝对不会得到结果，一定是另有巧妙。

接下去便注意到那些符号的上面，必冠以什么地方电，这显而易见是新闻上的玩意，也许这些密码字是指的新闻电报上的字。但是问题就来了，电上又没有注明是哪一天的，我们要查报纸当然也不知道查哪一天的报。

结果叶黄夫妇决定，字在报上无疑，关于日子问题，必须加以估计。既然陆家抢案发生于昨天晚上，这个条子至少是昨天送到，或前天送到的。大概还是前天，因为昨晨发出即便干事，未免匆促，不如先翻阅前天的报纸吧。

但是问题又来了，到底是哪一份报比较妥切呢？上海的早报晚报有廿多种，以哪一张报为标准？后来经过二人的决定，凡是大报均要看。但是看哪一条电报呢？经过商量，每版的第一条新闻，比较合适，但是电报有上海电，有北平电，有柏林电，有伦敦电，问题真是困难极了。再经过许多时候的研究，总算电报问题解决了，凡是上海电必是第四版，其他外埠电，必属第一版，外国电报必在第二版国际版，每条电讯的第一条中必有应用文字在内。

于是他俩查出前天的早报，先翻《大公报》①的第四版的第一条，既然密码纸第一行是"上海电：6GS"，必在第六字，经一查之后，第六字为"之"字，第一个字便是之字开头。中国有史以来也没有见过这种字条，也许前面还有一张，但不管怎样，先查下去再说。再查 G 字，G 为英文字母第七字，查报却为"参"，S 为十九字，查报为"题"字。现在连起来读则为"之参题"三字，不知何意？再查《新闻报》②，则为"物价游"，查《申报》③为"风势伤"，完全连不起一个意思来。一切计划似乎难以实现，只得重新想一个方法解决。

　　现在已经十一时光景了，街道上过往汽车已少，空气格外寒冷，人声也格外幽静，他扭开电炉取暖，务必要在今夜解决；否则，即使上床也睡不着。人体比较暖和一点，又煮了一杯浓咖啡喝，吃了几片饼干，重新再来计划。

　　现在他俩注意到，有数字和字母，绝对不是指第几个字的；如果指字数，为什么符号不用统一的符号，不觉笑着自己的神经过敏。

---

① 《大公报》：近代中国著名日报，1902 年 6 月 17 日在天津创刊。
② 《新闻报》：近代中国与《申报》齐名的商业性日报。1893 年 2 月 17 日在上海创刊。
③ 《申报》：近代中国历史最长的中文日报。1872 年 4 月 30 日在上海创刊，由英商安纳斯脱·美查（Ernest Major）等集资创办。

接下去注意的是电讯的来源:有上海、北平,有伦敦、柏林,难道这不是强盗的密码,而是政党的密码吗?这样一来,事情愈来愈复杂。

黄雪薇再喝咖啡,叶志雄拼命抽烟,忽然黄雪薇跳了起来说:"对了!"

"什么?"叶志雄拼命地抢着问。

"一定是强盗的密码,上面不是还有血迹吗?"

"那么是什么意思呢?"

"就是不知是什么意思,这里须要研究。"

于是叶志雄的一番希望又落了空,重新再拿起烟狂抽,他自言自语地说:"我看还是得向电讯上着想。"来回地在地板上踱着。

黄雪薇接下去说:"是电报,你看 [1001] 不是电报上打数目字的记号吗?"

现在两个人又同意于电报上了,但是究竟是怎样的电报呢?相谈结果,必须在抢劫案的新闻中去找,然而所找到的事,虽然有零落的字迹,却又连不起一个意思来。

忽然黄雪薇又注意起电报上有"什么电",有"什么播音"等字样,这里面不无道理在内。这时已近二点钟左右,看看离天亮快近了,如果再不解决,又将耽误一天的时光。

叶志雄再把那张字条翻覆地看,读,忽然意识到,柏林电下的"Ü"字，这的确是个德文，再读伦敦电下面的"Minday"，也的确是英文的拼法，难道柏林、伦敦字样与下面的符号有关吗？

这是一个新的发现。还有一条柏林电下面是 BAN，字义是不必谈了，并且也无此字，那是什么意思？既然注明地名，必与符号有关则不成问题，既然字义不拘，或许是发电也靠不住，现在别的不说，先把这几个似乎是字的发音先写下再说：

BAN "旁音"，这是德文。Ü 是"于"音，也是德音。Minday 是"明台"或"明天"。那个"旁"字也许是连在上面的或下面的一串数字，最后两条译出即为"于明天"，但是还不能明了意义，不过似乎略有一点希望了，所以这时的夫妇二人非常兴奋，再努力下去。

叶志雄想，既然地方与符号的音有关系，便请他的太太很快地读来，他则闭着眼睛静听，他说："雪薇，你快点读，我听，上海电读上海音，北平电读北平音，德文读德音，快！"

于是黄雪薇拾起那张纸很快地读："陆奇爱司，衣奇，旁……"

陆志雄忽然跳了起来，止住太太的声音说："有点意思了，你再读一遍。"

"陆奇爱司衣奇什么旁……"

叶志雄又接着说："第一个字是'陆'音，与陆瑞林有关，后面一是'旁'字的声音，也许是'办'字，'衣奇'也许是'依期'二字，现在译出来是：陆GS，依期办。这明明是叫他们对陆家的案子依期去办。不过其他几个字，还得想办法。"

这时他俩夫妇很高兴，黄雪薇十分兴奋，再研究英文字母，G读'轧'，S读'斯'，联合起来读，"陆轧斯"，叶志雄听见了便问："你在说什么陆家事呀？"

"我说的是6GS。"

"对了！这三个字一定是'陆家事'，现在一起联合起来便是：陆家事依期什么办。"

于是便循着这个原则译下去，但5、52……等等又译不下去了。他俩又努力研究，电与播音之别，也许电是字音，播音也许是别一种音。黄雪薇忽有所悟，她说莫不是歌音，歌曲的简谱5不是唱成"速"音吗？现在再把"速"音嵌入，则变为：

"陆家事依期速办。"

所有的一切秘密都被发现了，于是他俩把整张字都翻译出来：

上海电：6GS译成"陆家事"。

北平电：1G译成"依期"。

上海播音：5译成"速"。

柏林电：BAN译成"办"。

上海播音：52（4）23[1001]译成"速来（法）雷米1001"。

柏林电：Ü译成"余"。

伦敦电：Minday 译成"面谈"。

一齐翻出，写成一张便条：

> 陆家事依期速办，速来法租界雷米路一〇〇一号，余
> 面谈。

这时，夫妇二人高兴得不得了，黄雪薇因为已经身力疲乏，先睡了；叶志雄则自己驾车立刻飞驰到卅三区警察分局，把这件案子始末一说，强盗现在逃在雷米路一〇〇一号暂避，或许马上去追尚能逮捕，否则甚易被逃去。于是打电话给总局派员警相助，一面出动飞行堡垒①前往雷米路。

因为计算准确，总局与分局的员警，同时会齐，将雷米路一〇〇一号包围。穿保险衣的人员先冲了上去，上面强盗闻讯，立刻拒捕开枪还击，经半小时的互轰之后，匪徒束手就擒。

结果据供：他们的首领系大学毕业生，因为多年失业，只得流为匪徒，现在他已离沪，不知去向，从此后他不再做此种勾当，因为有本钱可以另做别种有益事业。他叫什么名字，内中无一人

---

① 国民党上海市警察局的特种镇暴队，美式枪械装备，其执行警务所使用的镇暴车也称"飞行堡垒"。

知晓，二十条金子，他拿去十条，他们三人各分三条，另一条作请客以及房租等用。

最后三个就擒的强盗说："我们愿意受处分，但是那个大学生永远捕不到，因为他以后倒是好人了。"

翡翠花瓶

在"红皮鞋"一案中和叶黄夫妇合作过的周永清,生性向来滑稽可笑。驯柔起来的时候,即使人家拿他开玩笑,或是打他一顿,他也不会光火;然而要是他发起脾气来,哪怕是强盗在楼上连连开枪,他也会不顾一切,连保险马甲都不穿一直冲上楼去。

那年夏天,周永清结婚了,结婚的时候当然热闹非常,除了自己局里许多同事来祝贺喜庆之外,其他亲朋亦不计其数。

二次"红皮鞋"案中的主角之一宋先生也来送礼,因为报答周永清上次探案有功起见,特意送了一样家传稀物——翡翠花瓶。这个花瓶仅有一寸半高,和墨水瓶一般的样子,细颈、大肚,很像一个猪胆,用一个红木架子架着。供在桌上,虽不十分惹眼,可是一看便知道有这样一个瓶子摆在那里,因为颜色非常令人注目,翠绿得十分可爱,再配上一个红木架子,摆设在黄色的桌子上,一切的色调都十分调和。

这个花瓶在结婚前三天便送来了，周永清爱若珍宝，每天回家必要仔细把玩一番，并且他也会与叶黄夫妇谈及："宋先生真够朋友，替他办了一件案子，这是我们的责任所在，他却送了这样一个名贵的翡翠花瓶，于心倒有点不好意思起来了。"

叶黄夫妇安慰几句，也说出宋先生曾送他俩夫妇一对白玉狮子，雕刻得非常玲珑可爱，于是彼此打了一个哈哈，便把所有不安的情绪赶走了。

周永清的家住在南市，房子是祖遗——中国旧式大宅房子，有大门、天井和厢房，前后三进，一排三间，正房共计九间，可惜经过八一三战事①之后，被毁于炮火的，几乎有三分之一强，其他未毁去的也已陈旧不堪了。

虽说这是中国式的旧房子，可是受了欧风东渐的影响，像门窗的玻璃等都已逐步改为西洋式的了，所以光线并不和一般旧式房子那样黑暗。最后一进的三间，被炮火毁得只留一间了，这一间房子除了堆置杂物之外，便不作他用。

他的新房设在第二进的东面，中间是大客厅，西面是备来几个要好亲朋坐坐谈天用的，那个翡翠花瓶本来摆设在自己的新房

---

① 八一三战事：即"淞沪会战"。1937年七七事变后，日本侵略军为了占领中国的经济中心，迫使国民政府投降，于 8 月 13 日大举进攻上海。

里，为了结婚那天客人多，周永清想显示显示自己的光荣，便将那个花瓶放在西面那间谈天用的房子里，以后亲友们坐谈时可以看见，也可以用此作为谈话的资料之一。

前面一进三间，中间是空着的，作为进后房的走道，东面一间是娘姨住的，西面一间则是周永清父母所住。大门两旁的两小间，一间作为厨房，一间则空着。厨房本来在最后一进，因为已毁于炮火，只得改设在大门西旁了。

结婚那天，客人男男女女来得很多，在大厅上差不多摆了七八十桌，又因为是夏天，天气热，酒席连天井里都前前后后摆满了，否则一个大厅是无论如何应付不了的。

宾客多，只怕秩序混乱，特意从警察局里派几个警察来维持秩序。当天的酒席十分丰富，所以客人吃得个个满意，大家互相猜拳行令，尽把时间挨，譬如在公园里乘风凉。

这样一来，更其吃得慢了，差不多到晚上十点半钟才吃完，诸宾客才尽欢慢慢散去，这时月色非常明亮皎洁，清风送凉，各自陆续归家。但是周永清却另外备有三桌好菜，预备等到众宾客散了之后再慢慢地一面吃一面谈。

这时，那三桌好菜已经摆设起来了，一列地摆在大天井里，月光照着每个人的头顶，淡淡的酒，鲜而不腻的好菜，二三十个较好的亲友围桌长谈。

周永清这家伙，素性滑稽，因为今天实在忙得不可开交，直到这时才特别有兴致起来，他特地把新娘子从房里拖了出来，重新与众要好亲朋一一介绍。

当介绍到叶黄夫妇时，周永清说："叶志雄和黄小姐是一对侦探夫妇，我是一个老叶的助手，希望我的太太也是我的助手，但是一点也不，连侦探是怎样着手也不知道，哪里会帮我的忙，也许做助手，只能助我养养儿子！"

全天井的宾客都笑了起来，大家都说周永清缺德，侮辱太太，应该罚酒三杯，结果只得吃三杯。诸如此类的小滑稽，不知发生了多少次，酒也不知罚了多少次，似乎醉了，连连地打呃心，要吐的样子，家里人和宾客们都为他着急，但是他说不要紧，只要房里去休息一下便好。

周永清的太太一定要扶周永清回房，他说不必，一定要自己一个人进房，叫太太再陪同亲友们吃几杯。

这时，差不多有十一点半了，天上露水已经微下，凉气透人，如果大家没有酒下肚的话，也许会感到一点寒意。众宾客因为有新娘子的殷勤相劝，所以一味地注意在吃酒上，把周永清丢在房里。

可是不到一刻钟之后，忽然听见有人在房里大声叫唤："老叶，不好了！"

叶志雄夫妇一听，立刻心里一跳，不知房里出了什么事了，于是众宾客都慌慌张张地跑到房前去，许多人拥在一起，越是情形混乱，这时连派来维持秩序的警察也无能为力了。

　　叶黄夫妇一听到房中在叫唤自己的名字，知道已经出了事，硬从人堆中挤了进去，一面问："周永清，周永清，什么事吗？"

　　"不好了！"周永清再说一遍。

　　只见周永清站在房子中央，脸色突变，众人以为他中了什么毒，或则中暑，都一拥上前，把周永清扶住，这时倒使得周永清莫名其妙，甚至有几个人大喊："快拿痧药水来！"

　　周永清这才明白过来，原来他们正以为自己是发痧①了，于是他又接着说："老叶不好了！"

　　于是叶志雄挤到前面去，问了问到底什么不好了。周永清的气才平下来，脸色也恢复过来，才急急地说："老叶，我摆在桌子上的那只翡翠花瓶不见了。"

　　这一消息传出之后，众人立刻窃窃私语着，他们是都在纷纷议论说这个新娘子进门的时辰不吉利，刚好汽车开到大门口，天上忽然下了一阵阵头雨②，雷声闪电，就有不吉之兆，现在果然把

————————

① 发痧：中暑。
② 阵头雨：雷阵雨。

一只翡翠花瓶遗失了。

议论还是纷纷地起来，但这一边，叶志雄夫妇却发生了兴趣，预备开始侦查。

周永清和众宾客仍然回到天井里坐下，这面和叶黄夫妇轻轻商量，他说："老叶，我看这花瓶被窃，那是一定的了，在九点钟的时候，我回房去过一次，还看到那只花瓶摆在桌上，为什么现在没有了？我想一定是现在在座的许多亲朋当中有谁看了这花瓶好玩，顺手拿了去，不知道我们现在可不可以搜查一下？"

"你要对他们来一次搜查，当然是有伤交情的，并且存心要偷，也绝不会放在身边，所以我倒主张请这些客人先返家，然后在你家里上上下下地寻找一遍为妥。"

周永清很为佩服，走出天井向诸位亲友道："今天家中不幸，失窃贵重花瓶一件，心中甚为烦恼，招待不周，所以请诸位今夜先回府，等到日后再请各位来，实在对不起。"

诸宾客又议论了一阵，才各自纷纷返家。

叶志雄开始侦查工作。

摆设花瓶的桌子，放在房中深处，而这间房子仅有一扇门，由这门进去，偷了东西，势必由原门出来，所以偷花瓶的人一定是故意跑进去，偷了就走，绝不是穿过这间房子顺手牵羊的。

凡是做贼的人，哪怕是资格再老些，在行窃的时候，总不免有点心理变态，一定多少会留一丝痕迹；然而现在整座房子中，除了满地的果皮果壳之外，别的东西仍然整齐，并且清洁如恒，这才引起叶黄夫妇的格外疑心，于是他俩要求周永清到户外去观察一周。

周永清陪同他俩夫妇到户外，户外一切情形如常。更觉得奇怪，在房子周围的地上一路查看，忽然在地上发现了五寸多长的脚印，一直到窗脚跟下便停止了，并且脚印从此便不再发现。

仔细查看，脚尖朝窗，脚跟朝外，可见是从外面进来的，然而却没有出去的脚印。这些脚印都带有泥浆，可见是今天下午雨后的缘故。但是窗口上有铁棚，人也无法爬进去，难道是由里面把花瓶递到窗口，由窗外的人接去？现在问题有二个：一个是只见进来的脚印，不见出去的脚印；第二，这个人是否是来接这个花瓶的？

"周永清，让我休息一下好不好？你可以和我的太太谈一谈。"叶志雄说。

这面是叶志雄一个人在沙发上想，那面是黄雪薇与周永清在谈话着。

"周先生，你说九点钟的时候你还看见过这只花瓶是不是？"黄雪薇问。

"是。"周永清答。

"那么亲友们都还没有散席回去啰？"

"是。"

"你太太在什么地方呢？"

"她一直在招待客人，没有离开过客厅。"

"令尊令堂大人呢？"

"他俩在房中休息，招待几个老亲戚。"

"那么你那房里绝无人去？"

"照理应该一个人也没有。"

"你家女用人呢？"

"她一定在厨房里帮忙，你想她的事够忙的了。"

黄雪薇点点头，看她的样子好像这件案子已经差不多完了，于是她跑到叶志雄那里去，只看见叶志雄在窗口上注意地检查什么，听得门口有人走来，立刻回头一看，原来是自己的太太，于是他说："我的太太，这件案子差不多了，你和周永清谈些什么？"

黄雪薇把和周永清所谈的说了一回，于是叶志雄笑了起来，连忙大声呼叫周永清，原来恰巧周永清也已跟着黄雪薇回房来了。

叶志雄一见周永清便哈哈笑着要打他，一面又说："你这个缺德的东西，平常什么事都开玩笑，为人滑稽胡闹，这次却开这个玩笑，你说出来把花瓶藏在什么地方？"

"这才奇怪，你怎么知道是我自己把花瓶藏起来的呢？"一面说一面笑了起来。这一笑，更证明了是周永清自己偷了花瓶和叶黄夫妇开玩笑了。

"自从酒席开始以后，可以说绝不会有人进这一间房子，只有你自己进去过，并且你进了房子一刻钟光景之后才大声叫喊起来，可见在这十五分钟中，你已做好了这个圈套，不过一时我尚未查出藏花瓶的地方就是了。"

"那么你索性把花瓶找到吧。"

周永清一面笑一面说，这时他已经完全承认自己的作为了，于是叶黄夫妇打了周永清一下，这时新婚夫人已经到了房里，听见是自己的丈夫偷了花瓶开玩笑的，所以大声骂起周永清："你这家伙平时胡说八道，今天也要开玩笑，害得我被人家说。你不听见许多客人都在批评我不吉利，差一点连扫帚星都说出来了，他们说新娘子进门不吉利，雷声闪电是凶兆，我的名誉被你害了！"轻轻地哭了起来。

周永清一面赔不是，叶黄夫妇也一面劝解，等到平静下来之后，叶志雄便把问题又拉回到藏花瓶的地方来。

叶志雄想，周永清在房中不过只有一刻钟，绝不会跑许多路，窗外虽然有脚印，却仅有五寸多点长，绝不是周永清的脚印，如果周永清事先有布置的话，那么那些脚印颇有问题，但是周永清之所以如此做，也许是临时灵机一动才想到开玩笑，所以藏花瓶的地方绝不会远，大致就在房子的里面，最多也不过在附近，所以叶志雄第一着便是掀起地毯。

地毯下面果然地板上有一个小洞，但是看看这个小洞，好像容纳不下一只花瓶，地板下面虽空，可是抛进去之后，很难拿出来，除非把地板凿出才可以拿出。既然是开玩笑，绝不会如此小题大作，一定不在这地板下面。

于是他又到窗口边，在窗口上那块砖头上摸一摸，对周永清说："永清，这块砖头可以移动，我想在这里吧……"

话还没有说完，周永清已经笑了起来，一面走过去，一面说："我的意思是考考你的本领看，果然不差。"一面说一面走到窗口边，一手把那块砖头移开，伸手进去一摸，这才真的大声叫了起来："老叶，真的不好了！"

空气一阵紧张，大家脸上的肌肉一紧，问周永清到底什么事，周永清说本来想把那花瓶放在砖头下面骗骗人的，谁知道真的不见了，这一下可把周永清急得什么似的对叶志雄说："老叶，现在是你寻我的开心了，是不是？"

"我罚誓没有！"

事实上叶志雄的确没有把那只花瓶藏起来，虽然他老早就决定那只花瓶放在窗口的砖头下，但是他先前查了一次不见有花瓶，所以怀疑在别的地方，那时刚好他们进来了，后来在地毯下面找了一回没有，所以决定仍在房里，并且十分之八九在窗口，谁知窗口竟没有；同时周永清还以为是叶志雄藏过了，经叶志雄再三声明之后，这才使周永清着急起来。

周永清说："我原想开玩笑，把花瓶藏在窗口，不料真的不见了。老叶，那怎么办？"

"好，玩笑开到你自己头上来了，这是你恶作剧的教训。"周永清的新婚夫人骂着她的丈夫。

现在事态倒比以前严重起来，翡翠花瓶的失窃，现在已经弄假成真。这时周永清千求万求叶黄夫妇务必于当夜破案。

叶志雄和黄雪薇彼此一笑说："好吧，今天晚上势必不能睡觉了。"

于是，他俩夫妇开始侦探，把这个消息传开去，全家上上下下都知道。

这时已经是十二点多钟了，叶志雄便宣布："周老太爷、周老太太和娘姨用人都已经疲倦，可以先睡，这件案子我无论如何今夜破案，只留周永清一人好了，周太太也可以先睡。"

这样宣布之后，所有的人都听叶志雄命令，周永清的父母、妻子和女用人，都各自回房睡觉。客厅里留着叶黄夫妇和周永清，喝着咖啡，叶志雄和太太在商量这件双重案的线索。

据黄雪薇的意思，无论如何留在走廊上的泥脚印总是一个很大的疑点，但是叶志雄反对，因为那些脚印只有进内没有看见朝外的，所以这是不重要的。

可是黄雪薇说："固然只有进内的脚印，可是下雨时间和失窃花瓶时间相差已有五六个钟头了，夏天的湿地容易干燥，我想贼人从外面进来，经过湿地，水印在脚上，鞋底再印在砖地上，进来时一个印着，印到快近窗口时已经干了，所以出去时不留痕迹，这是很可能。你不看见，进来时脚印清晰，后来愈来愈模糊，近窗口时差不多已经印不清楚，从这一点看我的意见是对的。"

"那么这个脚印究竟是谁的？"

"这是一个先决问题，据我之见，这个脚印不大，并且又是布底鞋的脚印，这里便有值得研究的地方，今天所来的客人差不多都是皮鞋。"

于是接下去叶黄夫妇便开始想，各自想了一刻钟光景，黄雪薇站了起来，问周永清有没有手电筒，周永清便回房把手电筒去拿出来，交给黄雪薇。

黄雪薇拿着手电筒走出去，回过头来对周永清和叶志雄说："你们两个坐在此地不要动，我去去就来。"

黄雪薇出去约有一刻多钟，这里周永清和叶志雄在谈些关于这件案子离奇的情节。

时钟敲过一点半，当地响了一下，忽然听见外面黄雪薇大叫起来："快来看啊，奇怪的景象！"

周永清和叶志雄拼命地跑出去，只看见半天中一道闪光，从南到北，数丈阔，几里路长，于是大家惊呼起来，连得全家人周永清父母、妻子和女用人都跑出来看了。

天上那道闪光尚未熄灭，从南到北地飞去，大家叹为奇观。黄雪薇说这种自然现象，民国廿三年初夏之夜，曾经发生过一次，那次记得是从东南到西北，所经距离甚长，从台湾经浙江中部到西北，历时一刻钟。后来天文台报告只说是电光，也没有说出所以有此情形的原因，现在居然又出现一次，不知何故？反正这与翡翠花瓶案子无关，不过只增加一点谈话资料罢了。

这件事情过后，睡觉的仍然回去睡觉，谈案子的仍然回客厅谈案子。大家坐定之后，周永清与叶志雄便问黄雪薇此次出外有何成绩？黄雪薇正想回答，忽听得叶志雄说："老周，香烟没有了。"

于是周永清回房去拿，又忽然听得周永清在房里大叫："老叶，翡翠花瓶在这里了！"

叶黄夫妇赶回去一看，在那张桌子上放着一个翡翠花瓶。叶黄夫妇一笑，骂周永清半夜三更还要寻人开心，自己又把花瓶拿出来放上桌子，但是周永清竭力反对，拼命解释，实实在在没有把花瓶藏起过。

现在决定花瓶是有人偷了再还的，但是这一突然的出现，反而增加破案的可能，这是显而易见的。

全家总共只有几个人，由脚印上看起来，不是小孩便是女人，但是小孩子们连吃也来不及，当然不会想到去偷花瓶，这一定是娘姨了。于是周永清预备马上叫娘姨来，痛斥一顿之后叫她滚蛋。

但是叶志雄却说："这种处置办法最不好的，如果要教诲一个人，必须要从感情上着手，这个娘姨当然是不能再用，但如果能改过，自然仍能留此工作。据我之见，不如给她三个月的工资，好好地对她说是因为用了十数年的一个女用人要从乡下回来，所以只好叫现在这个娘姨走，这样她自己心里明白，便没有什么怨恨了，如果你痛骂一顿之后再叫她走，一定使她发生一种下意识的怀恨心理，我们何必要人怀恨呢？并且这样也不见得能改变她的行为。"

周永清很为赞同，决定明天叫娘姨走路。

但是，黄雪薇却笑了起来说："这个娘姨无论如何走不了。"

"难道她有什么势力？"周永清问。

"她是一个好人。"

"她偷东西还算好人？"

"不是她偷的，而是你的老太太！"黄雪薇说。

"什么？"

于是黄雪薇说："我一个人拿着手电筒出去，先到娘姨房里偷了她的一只鞋，再到周老太太房里偷一只鞋，然后到走廊上去对那些脚印，原来老太太的鞋子适合那些脚印。

"忽然天空中发现了那奇迹，大家都出来观望，事后我又到房里去把鞋子送回去的时候，周老太太和娘姨都换了一双鞋子，因为原来的鞋子已被我偷了一只不能穿，而她们一定以为踢远了找不到，找一只不如换一双来得容易。

"后来我又把她俩的鞋子重新检查，周老太太的鞋底是干的，娘姨的鞋底是湿的，由此可见，周老太太起床是还花瓶，娘姨是真心看天空奇景。至于周老太太的还花瓶，那是只怕今夜遇到侦探查出来有伤面子。至于为什么要偷，那不得而知了，也许是想把这东西送一个重要的人。"

记者附志，事后访叶黄夫妇，询及"翡翠花瓶"一案，关于周老太太偷花瓶之原因为何，据答：系偷去作送过房①女儿的婚礼。又问如何偷法，则答谓适巧周老太太到厕所去，途经房后，看见那只花瓶藏于窗口砖下，露出半截，顺手牵羊云。

---

① 过房：过继子女。

大侦探车上失窃

到苏州去

叶志雄那天,收到一封苏州来的信,是他好友韩国民寄来的。

韩国民是叶志雄在内地时的老朋友,也是工作上的老搭档,平时一起研究案情,现在在苏州警察局服务。

志雄收到信后,拆开一看,上面写道:

志雄吾兄大鉴:

  前嘱代为留意上海富民银行劫案事,兹经各方探查,发现二人颇有嫌疑,其面貌衣着与兄来信中所云相仿,惟是否确系匪徒,尚须吾兄亲来决定,余不赘述,专候
大驾光临,匆祝旅安

弟国民 谨上

一九四九、五、十一

叶志雄收到此信之后,心中十分高兴,富民银行劫案半年来

尚未破案，如今既然得到这一线索，当然立刻想动身到苏州去。

看罢信，马上回家，和他的太太黄雪薇说明之后，打点行李动身。因为信是下午收到的，加上收拾行李用具，又安排一会儿琐事，天便黑下来了，所以只得乘夜车走。

他的行李很简单，只带一个小皮箱，铺盖不必带，自然是住在韩国民家里。但是韩国民有三个小孩，最大的不过七岁，最小的只有二岁，所以这次的箱子中，除了自己的换洗衣服之外，差不多都是韩家孩子的吃玩东西。除此之外，还有十万元现钞、一副手铐、一只公事皮包。公事包本来每次出门都携在手上的，但是近来因为车子非常拥挤，旅客众多，行李不便多带，只得把它塞进皮箱里去。

当他吃过晚饭到火车站去的时候，车站上已经是有许多人，声音嘈杂，秩序混乱，并且满站都是军人，进口处已经堵住人群，原来是许多未曾买票的旅客想挤进去，而轧票员和宪兵不准他们进去。叶志雄走到轧票员身边，暗暗给他看了一下侦探证，便很方便地进去了。

红帽子^①告诉叶志雄，到苏州的车子停在中间的月台，他依

---

① 旧时火车站上搬运行李、装卸货物的工人头戴红帽，故称其为"红帽子"。

着寻去，果然有一排列车停在那里，不过车厢中已坐满了人，十之八九是军人。他没有办法，只好挤上去，当然许多军人都对他说没有空，但是他说明是侦探之后，军人也没有办法，只好让他上车。谁知上了车一看，居然老百姓和军人杂处在一起，刚才那个军人阻止他上车，不过是想自己在车上舒服一些而已。

叶志雄笑了一笑，便也在一个躺在椅子上睡觉的军人身边坐下，那个军人翻身也坐了起来，朝叶志雄打量一番，没有说什么话。

位子是一共四个，他们只有三个人，叶志雄坐在那里刚好是四人，一点也不挤，可是那几个军人对叶的坐下来非常不满意，但是又不好发作。

车厢里很黑暗，除了月台上透进一线淡黄的灯光之外，一点光线的来源也没有，所以车厢里对面不见人面，偶尔有时因为抽香烟，香烟火一闪一闪才把对面那个人的轮廓看清了一点，否则便什么也不见了。

他坐下之后，最难处置的便是那只箱子，他想放到上面搁行李的棚子架上去，可是上面已经叠满了，再叠上去很容易倒下来，而且也叠不上去。他曾经想把人家的行李移动一下，腾出一块空地方来好将行李放上去，但是等到他立在椅子上想动手的时候，同座的那几个军人便加以阻止了。

所以他也不去麻烦人，便将箱子塞到座位下面去，谁知座位下面也已摆满了东西，他伸手一摸，大小、高低、软硬，估计起来大约是香烟，就把自己的箱子摆在自己座椅的靠把下面，贴住自己椅子放着。因为人来人去非常杂乱，又加车中电灯不明，黑暗混乱，所以他用脚踏住自己的箱子以免遗失。

车子是否开出去尚无把握，准时是当然不会的了，总而言之，只要搭上那一班车便算。

这时旅客都纷纷上车，拖箱携笼，东撞西碰，各自在找各自认为适当的位置。

叶志雄既然坐定之后，因为忙了好一阵，心里略为宽松一点，可是身体却略为有点疲倦，实在需要休息一下。

他划起一根火柴，燃着烟斗，一面抽烟一面休息，这时隔座的那个军人向他借个火种抽香烟，他自然给他了。由这一借，便有了几句交谈，再由几句交谈之后，便正式开始谈话了。

那个邻座的军人便谈起前方打仗的事来了，叶志雄对于战事向来是很注意的，他每次看报总觉得各张报纸所载不够详实，所以听到这个军人一谈，便很注意地听了。这个军人转战于东北、华北，曾经两次被俘，他还夸张了他们自己的英勇，说得天花乱坠。

这时有二个人影围集拢来，由人影的轮廓看来，还是军人模样，他们互相讲了许多话，于是把那个军人叙述前方情形的故事中断了。他们所说的话，一句也听不懂，既有点广东话，又有点像福建话。叶志雄差不多走遍过中国诸省，他对土话也颇有研究，这次却决不定是哪里的土话，不过他们所谈的听不懂也就算了，反正他们自己军队里的事和他无关，便不再用心去听了。他们谈了一套之后，两个人影又去了，于是那个军人又开始谈他们打仗的故事。

原来这三个军人都是军官，一个是营长，一个是连长，一个是政治指导员。讲打仗故事的那个是连长，他谈得太多了，于是又换了一个营长来谈，营长谈来比连长略为高明一点，谈话之中略为挟入一些新名词，有些句子差不多都是报纸上常用的字句，他所谈的内容，大致是被俘后的生活，以及这次回到江南来的经过。

刚刚谈到最起劲的时候，那两个人影又来了，和营长讲了几句话，看样子是营长吩咐下属做什么事似的口吻。那两个人影好像接到命令，又走到后面那节车厢去了。

以后是轮到那个政治指导员讲话，毕竟是政治指导员，说起话来颇为文雅，满口书文气息，差不多是把报纸背熟的。他非但会叙述旅行经过、打仗故事，同时还会加以批评，譬如在解放区如何如何，在江南如何，由此两方加以比较，然后抓住几点加以评论，由感想铺张出去，结果变成论文型的一篇理论谈话，不只叶志雄听得有趣，邻近许多同车旅客都听得默不作声。

正在大家觉得有兴的时候，叶志雄忽然觉得脚底下一滑，他立刻联想到自己的小箱子，伸手一摸，已经不见了，他情急起来，嘴里喊了一声"啊呀"，立刻便站了起来，那个营长马上说："那边去的，那边去的！"

叶志雄因为有公事皮包在箱子里，心中十分着急，马上循着营长所指的方向追了出去，追到月台上，他站在高处一看，一点动静也没有。

自从箱子被窃，到他立在月台高处查看为止，为时不过十秒钟，连一分钟都不到，当然那个窃贼逃不得那样快，即使快步飞逃也不能逃出这个长长的月台。

叶志雄认为窃贼绝对没有逃出月台，或者是从火车下面爬到另一个月台去了，可惜今夜叶志雄因为事忙心急，没曾带得手电筒，不便照查，不然，在火车上发现箱子被窃时立刻用手电筒一照，和探海灯一样，马上可以看出窃贼的去路。

现在他无能为力，只得飞步从这儿兜到那面的月台过去，一路查视，毫无踪迹，只得回到火车里来，他一路走，一路想："东西既失，一定是查不回来了。"他又笑了起来："自己是个侦探却把箱子也失掉了！"

叶志雄自己好笑了一会儿，慢慢地回到座位上去，谁知走到座位前一看，那个位置已经被人占去了。叶志雄觉得自己的东西已经失去，不如回家明日再走，但是即使今夜一定要去，到苏州也不过只几个钟头的，就是站着不坐也不过几小时，无论如何也挨过去。

他摸了自己的腰际，一支手枪还挂着，他想万一把手枪也放在箱子里的话，那手枪当然也一齐被偷去了。偷了手枪那才事态重大非同小可，他不可惜那只箱子和东西，因为箱子里不过是些孩子吃玩东西，现钞十万也有限得很，公事好在都留有底子，回家可以重翻。假使把手枪丢了那才不好，他并不是怕丢了手枪局方要责他，只怕是这支手枪被窃后流到小窃手里去闯祸，或是转售给土匪杀人害命。

他正在庆幸的时候，忽又听到那个政治指导员说："你这位同志站起来，这个位置是叶先生的，他东西已经丢了，你这个位子应让还给他。"

那个旅客看看是军人说话，也无可奈何，只得站了起来，叶志雄便坐了下去，轻声地向那个政治指导员道谢，那三个军人也都来问信，叶志雄说："丢了东西哪里查得到，丢了也就算了。"

女子的哭声

叶志雄想到自己是个侦探，而竟遗失箱子，这未免笑话，于是他对这件事做了一个比较完整的回忆和推测。他想那个窃贼绝对没有那样大胆，窃得人家的东西，光明正大地捅出火车站去，一定是躲在什么地方，或杂在什么人丛当中，并且决计不是一个人单独能够完成他的任务，一定是几个人组织成一个偷窃的集团，把偷到手的东西，立刻转交给第二人，再转交给第三人，因此一时也无法查出。

正在他如此思想的时候，忽然相连的那节车子上传来了一个女人的哭声，她一面哭着，一面诉着，说，她抱在手上的儿子也杂着哭了起来。哭声打成一片，从她的哭声中知道她的东西也忽然被窃了，她说她只有这一点最后的东西，假使这一点东西再损失便无法生活，似乎要寻短见的样子，许多旅客都在劝解她。

叶志雄被她的哭声感动了，于是站起身来走过去看看，刚巧他起身欲走的时候，迎面来了一个旅客，一人带了二件行李，在黑暗中正面一撞，几乎把叶志雄的烟斗也撞脱。

志雄找到那个啼哭的女人，叫她到月台上去，看看是个略有智识的妇女，长得还不难看，衣着也还不十分破旧。经过询问之后才知是一个小公务员的太太，她的先生在苏州县政府做事，那个抱在手中的孩子约有二三岁，相貌倒还不差，但是哭得厉害。

叶志雄劝她一阵之后，便问她被窃时的情形，她说因为车子上军人多，有座位也不肯让人，只管自己横着身体躺在那里，所以一时找不到座位。后来边上一个客人看看她一个女人抱着一个孩子可怜，本来是二人座，硬让一下腾了一点空隙出来，勉强叫她坐着。她这样坐着总比站着好得多，因为她抱孩子携箱子，从站外拎进站，再上了车，实在是太疲倦了，所以一有座位，便想休息，把那只箱子搁在地上，靠着自己的腿。谁知休息不到几分钟，突然感到下腿边上被人摸了一把，又觉到腿边空洞，伸手一摸，原来自己的箱子果然不见。她想追，但是无从追起，一个女人在无可奈何的时候，只有痛哭，然而哭又有什么用呢？

你们到哪里下车

叶志雄想站起来走过去安慰她一番，那时候恰巧又有一批旅客捅着行李进来，几乎把走道都堵塞了，连走个单身人都不容易。他仍然坐下，这时车子已经准备开走了。

汽笛一叫，所有旅客都得到安慰，车轮已蠕动出站，旅客才各自安定下来，只听见一群一群在交谈，和叶志雄坐在一起的几个军人，又与叶志雄交谈起来。

那个政治指导员说："叶先生，实在对不起，和你只顾谈话，害得你把东西都丢了。"

于是叶志雄说："损失不大，只有几万元的事情，箱子里也没有什么，不过是些小孩子玩吃的东西，这个窃贼一定会失望的。"

"实在使我很不安。"营长说。

"不，这种损失不算什么，你们在前方连性命都要牺牲……"志雄说。

"那又不同了。"

"虽然不同，究竟总是性命重要。"

叶志雄说过之后，也不和他们再谈了，因为他在想车上被窃的趣案。他想以他那样的机警的人，在被窃后不到数秒钟即发现，并加以追寻而居然追不到，所以决定赃物绝对不会离车。上海开出去，第一站是真茹，不停车；二站是南翔，南翔是一定要停车的。南翔离上海究竟不很远，很可能那几个小窃到了南翔站上下车。于是他站了起来，走到人丛中去。

那个政治指导员问："叶先生到哪里去？"

"我想到真茹去。你们到哪里下车？"

"南翔。"那个营长说。

"那么我也到南翔下车，我们有伴儿了。"

"我们也许到昆山下车。"那个营长说。

这时有一个人影又来了，和那个营长说了许多令人不懂的话，又匆匆地去了。

叶志雄对于他们的言语听不懂十分难过，其实他对这几个人实在有点怀疑。他掏出一包烟卷，每人一支地分过去，那几个军人当然来一番客气，然后又把香烟接了过去。

叶志雄再拿出一包自来火，抽出四五根，一齐划烊，给他们点火。他们把头凑近点火时，因为烟在一口一口地抽，所以火光也一闪一闪地亮，十分清楚地照亮了他们的脸孔和身子。

他们都穿军衣，然而三个人的军衣并不一律，三个人的帽子都戴在后脑，那营长是明太祖一样五岳朝天的脸，连长是好像被汽车压扁的平脸，微有几撮胡髭，那个政治指导员则比较清秀一点，似乎是智识分子的样子。

从他们这一形态的观察，更使叶志雄怀疑，但是继而一想，虽然系同一部队，也许因为前方物质缺乏，他们的制服可能不一律，所以叶志雄转了一个念头，问："你们三位在军队里服务几年了？"

"五六年了。"那个政治员答。

这一句答话非常重要，叶志雄灵机一动，随口称赞了他一声"敬佩"和"辛苦"，又从口袋中，出香烟来，又给他们点火，一面还连连地说"慰劳，慰劳！"，于是车座上飞起了哈哈的笑声。

　　在笑声中，叶志雄在解释他的疑团，刚才给他们点火，对他们的脸相又作一次的观察，他们的帽子都戴在后脑，露出整个额角，由火光中看出，他们的额角的颜色和面孔的颜色一样无变，由此可以决定，这几个人好像不是军人。

　　普通的军人，哪怕是不晒太阳的事务官佐①，如果是在军队里长久，他的额角的颜色总要比面孔的颜色来得白皙，甚至有些军人是分得非常清楚的，就如戴了一个假面具。然而据他们三人自己说，在军队里服务已经有五六年了，五六年不能算是一个很短的时间，至少能把额角的颜色分为两种了。由这一点看来，这三个人可能是冒充军人，一方面便于行窃，一方面还可以省掉火车票钱，真是无本钱的生意。

　　叶志雄再证之于他们的谈话，差不多都是从报上背出来的，并无真正前方的新消息和新题材，要是真的到过前方，至少总有一二件与众不同的遭遇。再证之于他们的去的目的地，一会儿是

_____

① 官佐：官长及其副职。

南翔，一会儿是昆山，更令叶志雄怀疑，于是这时候叶志雄已经决定这三个人是偷窃党的小头目了。

然而如何逮捕他们，这是一个非常困难的问题，既无赃物，又无相当证据，万一逮捕之后不是窃贼而是真正的军人，那未免又不好看，也许因此惹出事来。

叶志雄横想竖想之后，才决定这次放过他们，不加以拘捕，只要能替自己和那个女人追回箱子便算了。

大侦探讲故事

接着，叶志雄开始了他的心理战，等到那三个人说话略为告一段落时，他便插口进去说："现在我来讲点故事给你们听听吧。"

那三个人很为欢迎，许多邻座旅客在那无聊的时候，听说人家要讲故事，当然也十分高兴，一齐伸颈而听。

叶志雄先把自己的身份交待清楚，他是一个上海警察局有名的探长，曾经破了不少的离奇案件，人家听说他是侦探，格外地高兴听故事，并且有几个人还催他快点讲，于是叶志雄先讲"红皮鞋"，再讲"怪信"，再讲"翡翠花瓶"，然后再讲"车上窃案"。

讲到"车上窃案"时，在黑暗中把手伸到对面那个政治指导员和营长的旁边，把他俩的手握了一把，表示非常得意的样子，并且声明似的说："今夜我无论如何要破案。"

这时许多听故事的人都嗡嗡发声，有些曾经在《大侦探》杂志上读到过上述各案的记载的人，今夜能亲听叶大侦探的口述，更为高兴。

叶志雄说完之后，便一声不响了。他在回忆他的手碰到那两个人的手的时候的情形，他只觉得他俩的手有点微微的颤抖，这时叶志雄已经有十分之八的把握了，然而对于赃物到底藏于何处，却仍然没有眉目，他抽了一袋烟斗，皱了皱眉，忽然问那几个军人："你们到底在什么地方下车？"

"南翔已过了，只好昆山下车了。"营长不安地说。

"干脆到苏州下车吧。"政治指导员说。

"我看你们到昆山下车吧。我这次是到苏州办案子的，不在昆山下车的。"

那个自称为营长的人，突然高声地发了一个声音，好像是北方人骂"妈的！"的气概，不久便有一个人影来了，说了几句没有人懂的话，又匆匆地去了。

等到他去了之后，叶志雄便站了起来，从人堆里走到隔壁那节车厢里去，已听不见那个女人的哭声了。他轻声问一问人那个遗失箱子的女人在哪里，谁知那样一问，那个被问的突然又哭了起来，原来就是她，于是叶志雄告诉她："你无论如何在昆山下车，你的箱子或者可以找到。"

车子到了昆山，那个女人果然下车，在月台上的昏黄灯光下，只见一只箱子依在电灯杆下面。那个女人扑了上去，把箱子拎了回来，重新上车，车子刚刚又开了。

车快到苏州，那三个军人打扮的人立起来走了，说一声："叶先生再见。"

叶志雄笑一笑，对他们说："谢谢你。"

车子到了苏州站，叶志雄站在月台高处，举目一望，一眼便看见自己的箱子，立刻走过去，检视箱子，锁已开过，发现箱内什物，一无改动，内中多了一张字条。

多承宽宥，不胜感激，兹将原物送回，除公事包中抽去卡片一张外，别无遗失，嗣后如有用到我等之处，一唤即来，留呈

叶大侦探

三个人　上

上面这张条子的后面还附注了一行通讯处的小字，叶志雄轻轻一笑，说声"好吧"，便找他的好友韩国民去了。

附录

《叶黄夫妇探案集》各篇初刊一览

《一把菜刀》，1947 年 1 月 1 日刊于《大侦探》第八期

《私生子失踪》，1947 年 5 月 15 日刊于《大侦探》第十期

《狐火》，1947 年 10 月 31 日刊于《大侦探》第十五期

《一碗稀饭丧命》，1948 年 9 月 16 日刊于《大侦探》第二十四期

《红皮鞋》，1948 年 12 月 25 日刊于《大侦探》第二十八期，标"叶黄夫妇探案之 1"

《尾随的人》，1949 年 1 月 20 日刊于《大侦探》第二十九期，标"叶黄夫妇探案之 2"

《怪信》，1949 年 2 月 15 日刊于《大侦探》第三十期，标"叶黄夫妇探案之 3"

《翡翠花瓶》，1949 年 3 月 1 日刊于《大侦探》第三十一期，标"叶黄夫妇探案之 4"

《大侦探车上失窃》，1949 年刊于《大侦探》第三十四期，标"叶黄夫妇探案之 5"